VIE DE
GÉRARD FULMARD

DU MÊME AUTEUR

LE MÉRIDIEN DE GREENWICH, *roman*, 1979
CHEROKEE, *roman*, 1983 (“double”, n° 22)
L’ÉQUIPÉE MALAISE, *roman*, 1986 (“double”, n° 13)
L’OCCUPATION DES SOLS, 1988
LAC, *roman*, 1989 (“double”, n° 57)
NOUS TROIS, *roman*, 1992 (“double”, n° 66)
LES GRANDES BLONDES, *roman*, 1995 (“double”, n° 34)
UN AN, *roman*, 1997 (“double”, n° 97)
JE M’EN VAIS, *roman*, 1999 (“double”, n° 17)
JÉRÔME LINDON, 2001
AU PIANO, *roman*, 2003 (“double”, n° 111)
RAVEL, *roman*, 2006
COURIR, *roman*, 2008
DES ÉCLAIRS, *roman*, 2010
14, *roman*, 2012
CAPRICE DE LA REINE, *récits*, 2014
ENVOYÉE SPÉCIALE, *roman*, 2016 (“double”, n° 120)
VIE DE GÉRARD FULMARD, *roman*, 2020
LES ÉCLAIRS, *opéra*, 2021

JEAN ECHENOZ

VIE DE GÉRARD FULMARD

LES ÉDITIONS DE MINUIT

www. lesseditionsdeminuit.com
7, rue Bernard-Palissy, Paris VIe

1

J'en étais là de mes réflexions quand la catastrophe s'est produite.

Je sais bien qu'on en a déjà beaucoup parlé, qu'elle a fait éclore de nombreux témoignages, donné lieu à toute sorte de commentaires et d'analyses, que son ampleur et sa singularité l'ont érigée en classique des faits divers de notre temps. Je sais qu'il est inutile et peut-être lassant de revenir sur cette affaire mais je me dois de mentionner l'un de ses contrecoups car il me touche de près, même s'il n'en est qu'une conséquence mineure.

Propulsé à une vitesse de trente mètres par seconde, un boulon géant – format de sèche-cheveux ou de fer à repasser – est entré en force par la fenêtre d'un appartement, au cinquième étage d'un immeuble de standing, désagrégeant ses vitres en ébréchant son embrasure et, en bout de course, son point d'impact a été le propriétaire de cet appartement, un nommé Robert D'Ortho dont le boulon a ravagé la région sternale et provoqué la mort subite.

D'autres boulons s'en sont tenus à des dommages matériels, l'un défonçant une antenne parabolique, l'autre éventrant le portail d'une résidence située face à l'entrée du centre commercial. Épars, on en trouverait encore pas mal, plus tard, de ces boulons, au fil des investigations menées par des agents porteurs de combinaisons blanches, cagoulés et gantés. Mais ce ne seraient là qu'effets secondaires, épiphénomènes du désastre majeur qui vient de frapper la grande surface elle-même.

L'état de cet hypermarché, de fait, est désespérant. Depuis les débris de sa toiture effondrée s'élève une brume de poussière lourde qu'ajourent les hésitantes flammèches d'un incendie naissant. Dentelé, crénelé, ce qui reste de ses murs porteurs laisse voir à nu leur poutraison métallique griffue, deux d'entre eux se penchent l'un vers l'autre en rupture d'équilibre au-dessus de la zone de choc. La verrerie de ses façades, d'ordinaire constellée d'annonces promotionnelles, offres aguicheuses et slogans arrogants, se retrouve zébrée de pied en cap et disloquée aux angles. Dressés devant l'accueil, trois lampadaires se sont affaissés en s'embrassant, entortillant leurs têtes d'où pendillent les ampoules à vapeur de sodium, disjointes de leur douille. Quelques voitures, sur le parking attenant, ont été renversées sous la puissance du souffle, d'autres bossuées par des heurts de matières et, sous leurs essuie-glaces en parenthèses tordues, l'ensemble des pare-brise fait à présent défaut.

Même si, par chance, le sinistre s'est produit en tout début de matinée, peu après l'ouverture de la grande surface où l'affluence est encore faible, à première vue les dégâts humains ne devraient pas être bénins : avant toute estimation précise, et pendant que s'organisent les recherches dans le secteur catastrophé, le bilan menace d'émouvoir le public. On a tôt fait de boucler le quartier dans lequel se concentrent les forces de l'ordre et les ambulanciers, les démineurs à tout hasard mais l'armée pas encore, et l'on s'est empressé de mettre en place une cellule d'aide psychologique. Les efforts des sauveteurs se concentrant d'abord sur la zone, on ne trouvera qu'après-demain, dans sa périphérie, le corps troué à domicile de Robert D'Ortho. Et, j'y reviens, c'est là le point qui me concerne car ce D'Ortho étant propriétaire entre autres biens des deux pièces et demie où je réside, son décès devrait me permettre de surseoir – ne serait-ce que momentanément – au versement de mon loyer mensuel.

Cet événement s'est donc déroulé non loin de chez moi qui, vivant à trois rues de là, connais bien le centre commercial où souvent je m'approvisionne. Il était dans les neuf heures et demie, comme d'habitude à ce moment-là je somnolais en essayant de réfléchir à ce que j'allais pouvoir faire de ma journée quand le fracas du phénomène m'a distrait. J'ai d'abord cru pouvoir le négliger puis mes tentatives de penser ont été contrariées par les sirènes d'alarme, les piaillants véhicules de police et de secours ainsi que les exclamations, appels et cris du tout-venant. Mais la curiosité n'étant pas mon plus sombre travers, cela ne m'a guère donné envie d'en savoir plus dans l'immédiat.

Ce contrairement à la foule qui s'est aussitôt mouvementée sur les lieux : certains fuyant la scène quand d'autres l'accouraient voir, on s'y est bousculé, parfois trop brusquement, jusqu'à ce que les agents de l'autorité viennent y mettre du leur, pas plus eux que les autres ne comprenant d'ailleurs ce qui venait de se produire. Tout, au vu et au son, dénotant certes une explosion, l'idée d'une bombe et donc d'un attentat mais aussi celle d'une fuite de gaz se sont mises à fleurir : le peuple s'égarait entre sidération, commentaires spontanés et développements contradictoires. Si la thèse terroriste a tenu d'abord le haut de l'opinion, la rumeur d'une chute inopinée de météorite s'est ensuite insinuée dans les esprits : de telles choses se produisent et les exemples abondent. Il a fallu attendre que les médias s'en mêlent et nous annoncent enfin que, revenu des espaces infinis, c'était un gros fragment de satellite soviétique obsolète qui venait d'écraser le centre commercial d'Auteuil. Comme il en tombe sur Terre à peu près tous les jours. Sans que nul ne le remarque hormis les spécialistes.

2

L'opinion sous-estime ces éventualités. On la comprend car les débris astronautiques, outre qu'ils sont en général de petite taille, s'amenuisent encore pendant leur chute par effet de frottement, d'usure et de consomption dans les couches denses de l'atmosphère. Ordinairement ils se dissolvent et leur format négligeable, quand il n'est pas réduit à rien, passe inaperçu : l'opinion les remarque peu. De plus, la Terre étant couverte à plus de 75 % d'océans, de déserts et de chaînes montagneuses inhospitalières, le risque est faible que de tels fragments choient sur une humanité qui, de plus en plus, s'agglutine en ville.

Faible, mais point nul : il s'en est quand même trouvé quelques-uns pour s'abattre pas si loin des populations quoique jamais – du moins veut-on nous apaiser, peut-être, à ce sujet – sur ces populations elles-mêmes. Ces dernières années, sans attenter à aucune vie, certains se sont par exemple écrasés dans les environs de Riyad, vers la banlieue pavillonnaire de Georgetown, parmi les faubourgs éloignés d'Ankang ou au milieu d'un parc en Ouganda. Quant à leur nature, elle est assez diverse, pouvant consister en simples sangles, menus éclats de peinture ou rivets érodés mais aussi, plus volumineuse, en réservoirs d'hélium, turbopompes, tuyères ou sas d'arrimage, voire étages entiers de véhicules périmés.

Si l'on peut s'étonner que ces chutes de déchets spatiaux provoquent si peu d'accidents fâcheux, on peut aussi les supposer amenées à se multiplier. Car après les quelque cinq mille lancements consécutifs à celui de Spoutnik 1 en 1957, ce sont à peu près sept mille tonnes de matériel qui orbitent aujourd'hui dans la voûte céleste au-dessus de nos boîtes crâniennes. Et ce, dans ces dernières, afin d'alimenter nos cerveaux en informations diverses et, naturellement, de mâcher le travail de renseignement sur nos personnes. Des vingt milliers d'objets qui se promènent ainsi, nous surplombant en orbe, on est en droit d'imaginer que les trois quarts, ceux qui évoluent à moins de mille kilomètres d'altitude, retomberont un de ces jours n'importe où, pourquoi pas à tes pieds. Notons avec soulagement qu'au-delà de cette distance, l'espérance de vie du quart restant est une affaire de siècles et peut même prétendre, dans les hauteurs extrêmes, à l'éternité.

Certes il serait aisé, du moins envisageable, d'expédier vers l'éther des appareils spéciaux chargés de se débarrasser des gros détritus les plus menaçants. Quant aux petits, l'on sait qu'à leurs moments perdus, sur leurs planches à dessin, des techniciens conçoivent toute sorte de satellites chasseurs équipés de harpons, de pinces ou de filets pour les neutraliser. L'occupation spatiale ne pouvant que s'amplifier, cette panoplie de solutions devrait se montrer indispensable mais, tout cela coûtant cher, les autorités concernées font la moue. Si cette moue se justifie par l'absence à ce jour d'impacts homicides, s'il est vrai que la chance d'être frappé par une épave d'engin est soixante-cinq mille fois plus faible, parole d'expert, que de l'être par la foudre, n'empêche.

N'empêche que, c'est dommage, le deuxième étage d'un vieux lanceur soviétique Cosmos 3M vient d'anéantir mon hypermarché. Il traînassait auparavant sur son orbite depuis plus d'un demi-siècle, en compagnie de six cents de ses congénères tirés en pleine guerre froide depuis les bases de Plessetsk, Kapoustine Iar ou Baïkonour pour installer au ciel de furtifs satellites militaires. Or ce lanceur, même si nombre de ses composants ont sauté ou fondu dans le cours de sa chute, pesait encore sa bonne vingtaine de tonnes quand il a dégringolé près de chez moi.

3

Revenons à moi qui me nomme Fulmard, me prénomme Gérard et suis né le 13 mai 1974 à Gisors (Eure). Taille : 1,68 m. Poids : 89 kg. Couleur des yeux : marron. Profession : steward. Domicilié rue Erlanger, Paris XVIe, où je vis seul.

Gérard Fulmard, donc, et si j'ai quelques raisons de me plaindre, du moins ne suis-je pas mécontent de ce patronyme assez peu courant, qui ne sonne pas mal, qui est presque le nom d'un bel oiseau marin auquel j'aimerais m'identifier sauf qu'il est grégaire et moi pas plus que ça. Sauf aussi que je n'ai pas le physique, ma surcharge pondérale s'opposant en toute hypothèse à ce que je prenne un jour mon vol. Même si des vols, vu mon métier j'en ai pris pas mal, mais d'abord ce n'est pas la même chose et ensuite, cette profession de steward, je ne l'exerce plus. Mon vrai statut actuel est celui de demandeur d'emploi en passe de se reconvertir, mais je vais développer ce point.

À part ce nom, je ne suis pas sûr de provoquer l'envie : je ressemble à n'importe qui en moins bien. Taille au-dessous de la moyenne et poids au-dessus, physionomie sans grâce, études bornées à un brevet, vie sociale et revenus proches de rien, famille réduite à plus personne, je dispose de fort peu d'atouts, peu d'avantages ni de moyens. Encore heureux que j'aie pu reprendre ces deux pièces et demie après le décès de ma mère, elles étaient locativement les siennes et je n'ai pas changé les meubles. C'est là qu'à présent je me tiens, fenêtres entrouvertes sur une rue peu passante. Elle a beau être située dans le quartier d'Auteuil contenant principalement des gens à l'aise, il n'empêche qu'elle n'est pas bien gaie, la rue Erlanger. Sur elle aussi, je reviendrai.

Demandeur d'emploi, ai-je indiqué. Or ne souhaitant pas m'éterniser ni me complaire dans cette catégorie, j'ai décidé de monter mon entreprise et, avant même de définir précisément les objectifs de celle-ci, j'ai d'abord pris mon temps pour lui trouver une désignation commerciale. Cela m'a bien occupé de dresser quelques listes avant d'aboutir à l'intitulé parfait : Cabinet Fulmard Assistance.

Cette appellation m'a semblé seyante. N'étant spécialisé en rien hormis le service des plateaux-repas en altitude, j'ai tout intérêt à me présenter sous le jour le plus généraliste possible : ceci peut occulter cela. À cet égard, le terme d'assistance ratisse fort large et ne mange nul pain. De l'expertise comptable à la plomberie en passant par le développement personnel, domaines où je ne me risquerai point, les assistances abondent : voilà le terme idéal dont la polysémie autorise tout. Cela posé, restait à concrétiser le projet. Quelques-uns de mes trois sous mis de côté, je les ai claqués dans ce qu'on doit faire, m'a-t-il semblé, en pareil cas : poser une plaque sur ma porte et faire savoir, par voie d'annonce, mon arrivée sur le marché.

La plaque, j'en ferais vite mon affaire. L'annonce, je l'ai passée à moindres frais dans un de ces gratuits qu'au sortir du métro des pauvres distribuent aux pauvres. Ces deux piliers posés, je n'aurai plus qu'à attendre. Déterminé, ouvert à toutes propositions, j'attends avec sérénité : de Fulmard Gérard vous aurez des nouvelles, du cabinet Fulmard vous entendrez causer. D'ici là, mes trois sous se compactant vers l'unité, béni soit le ciel mais surtout ce qui vient d'en tomber sur Auteuil, grâce à quoi se voit différé le paiement de mon terme.

Mais pourquoi, direz-vous, ne suis-je donc plus steward, pourquoi n'exercé-je plus une si enviable profession ? Eh bien, sans évoquer le handicap de mon surpoids toujours mal vu dans le milieu aérien, disons que je l'ai pratiquée pendant six ans avant d'être licencié pour faute. Je ne tiens pas à m'étendre sur cette faute, si ce n'est qu'elle m'a valu une peine avec sursis assortie d'une obligation de soins. Ainsi contraint, je me rends deux mardis matin par mois dans un institut médical conventionné situé rue du Louvre, mes soins consistant à monologuer sous l'œil mi-clos d'un psychiatre nommé Jean-François Bardot. Je soupçonne ce Bardot d'assurer de telles vacations publiques dans le seul but d'arrondir ses fins de matinée, rajoutant une pincée d'épinards dans un beurre – vu ses tenues sur mesure et son Audi Q2 garé devant l'institut – qu'il doit épaissement tartiner dans le privé. Quoi qu'il en soit, je lui expose ma vie sans mentir plus d'une fois sur trois, je lui fais part de mes projets de réinsertion qu'il approuve et encourage monosyllabiquement mais, semble-t-il, sans trop les écouter, j'ai surtout l'impression qu'il s'en tape.

Si je raconte cela, c'est également rapport à mon projet, par contiguïté comme on va le voir. Il se trouve que l'institut où je me soigne est voisin d'un établissement, sis aussi rue du Louvre et dont l'enseigne affiche en néon vert menthe les mots DULUC DÉTECTIVE, ce qui tire l'œil et à quoi nulle âme tant soit peu romanesque, ainsi la mienne, ne saurait être indifférente. Il est bien connu des passants, cet établissement, il fait partie du paysage parisien, il y injecte une touche aventureuse un peu désuète, on l'aperçoit même dans des films dont les titres m'échappent mais venons-en aux faits.

C'est là, déambulant devant chez Duluc en sortant de chez Bardot, que s'est affiné mon objectif entrepreneurial. Mes yeux rencontrant le néon vert : pourquoi, me suis-je interrogé, pourquoi ne pas me lancer dans ce secteur d'activité ? Après tout, le stewardisme m'a rompu aux contacts humains, rien ne m'indiffère et ma physionomie quelconque peut jouer en ma faveur. D'autre part mes loisirs forcés, depuis ma mise à pied, m'ont assez laissé de temps pour lire et voir force romans et films de genre où souvent est central le rôle de l'enquêteur, dont je suis ainsi devenu familier.

J'ai conscience que c'est là une idée fort commune, qu'un jour ou l'autre elle a traversé chacun de nous. Qui ne s'est vu résolvant une énigme, dénouant un drame ou redressant des torts, rajustant l'orphelin dans ses droits et s'envoyant la veuve au vol ? Elle est à ce point convenue qu'on n'oserait plus l'envisager, même dans un de ces romans que j'ai lus, mais peut-être est-ce là justement son point fort. Car la banalité de ce rôle trop usé, trop rebattu pour être vrai, doit rebuter le tout-venant, peu doivent y postuler, pourquoi donc pas Gérard Fulmard ? Et puis, dans cette pratique, il n'y a pas que la traque des tueurs en série, des espions internationaux, des héritières en fuite et autres exercices haletants. Il doit se trouver aussi de moins glorieuses enquêtes – escroquerie aux assurances, embrouille extraconjugale, chasse au mauvais payeur – qui font de vous une sorte d'huissier privé. C'est humble, certes. C'est même ingrat. Mais cela peut rémunérer. C'est pour moi.

Ainsi ai-je pris ma décision, de la sorte ai-je rédigé mon annonce : Cabinet Fulmard Assistance, Renseignements & Recherches, Litiges & Recouvrements, Promptitude & Discrétion. Au pied de ces substantifs j'ai déposé mon numéro de téléphone et mon adresse, puis j'ai filé remettre le tout au siège social du gratuit.

Et maintenant, j'attends. Allongé sur mon lit, je tire des plans. Je me compose une posture bourrue mais empathique pour accueillir la clientèle. Si ladite clientèle abonde, je vois très bien comment transformer ma demi-pièce en salle d'attente. Je me pose la question du port d'arme ainsi que celle des opportunités sexuelles. Dans le même ordre d'idées, j'envisage l'embauche d'une secrétaire. Je frémis en imaginant son mode de recrutement. Je pense à tout cela dont je toucherai peut-être quelques mots à Jean-François Bardot, mais pas tous.

4

J'en étais donc là de mes pensées quand ce phénomène est survenu : barouf extrême en provenance de pas loin, presque aussitôt suivi de stridences, hululements, clameurs : j'ai flairé le fait divers grave, de ceux dont la télévision se fait en urgence l'écho. Je me suis levé pour ouvrir mon poste, recouché pour le regarder, j'ai attendu un peu et ça n'a pas tardé, interruption des programmes, flash d'information selon lequel un morceau d'aérospatiale venait de ruiner un édifice à trois cents mètres de mon lit d'où je n'ai pas pour autant bougé.

J'aurais pu me vêtir en vitesse pour aller inspecter ce qui se passait au juste, mais en cette fin novembre il devait déjà se presser dans le froid masse de monde et, vu mon format, par-dessus les épaules de ce monde je risquais de ne rien saisir en m'enrhumant. J'ai mieux aimé suivre et qu'on y développe la chose à la télévision car les catastrophes sont comme les manifestations sportives, et plus généralement comme tout : mieux vaut l'écran que le sur place, on distingue plus nettement les effets d'ensemble et les détails de l'action, les gros plans succédant aux ralentis qu'entrecoupent des synthèses pour éclairer le spectateur. Surtout, l'on n'y risque point les mouvements de foule, les bousculades et la promiscuité qui est un facteur de mauvais coups, champ d'action favori des barboteurs de portefeuilles et tripoteurs sexuels – même si je ne suis pas le gibier idéal aux yeux de ces prédateurs, des uns ni des autres encore moins.

Après ce flash au générique braillard, n'ayant plus rien à dire ils sont repassés aux programmes habituels du matin, conseils sanitaires, culinaires, culture et bien-être et ces choses instructives et j'ai pu me rendormir un peu. Puis un nouveau générique, moins enlevé mais plus sournois – violons insinuants sur basse anxiogène –, m'a tiré d'un début de rêve pas mal en compagnie de ma secrétaire virtuelle : celui d'une édition spéciale consacrée au désastre d'Auteuil.

Celui-ci se voyait résumé, développé, commenté par divers scientifiques, militaires, experts en tous genres convoqués à la hâte, avec comme toujours deux ou trois politiques représentant des formations mineures – les grandes ne s'étaient pas dérangées – et j'en ai reconnu deux. L'un nommé Bernard Couplet, député du MED (Mouvement pour un élan démocratique), costume et cravate ardoise, reconnaissait posément les risques présentés par nos progrès technologiques dont il rappelait cependant les bienfaits, louant l'efficience des secours, s'associant à la douleur des familles en invoquant la solidarité publique. Il n'est pas excitant, Couplet, pas du tout charismatique, sa rhétorique est molle au point d'éteindre son propos.

L'autre, par contre, Joël Chanelle, se fait toujours mieux remarquer car il est teigneux, son lexique est virulent et cru, sa morphologie ronde et luisante, sa cravate vert vif et son veston moins ajusté. Dépourvu de mandat électoral mais porte-parole de Franck Terrail – président de la FPI (Fédération populaire indépendante) dont Chanelle est aussi délégué général –, il a profité de l'occasion pour monter à l'assaut. Arrêtons de faire croire n'importe quoi aux Français, s'est-il écrié avant de présenter le désastre comme un effet direct de l'idéologie permissive, élitiste et laxiste véhiculée par l'élan démocratique, puis de s'attaquer à Couplet lui-même par des allusions à sa vie privée, évoquant à demi-mot quelques détails intimes sur lesquels, s'est-il jovialement appesanti, mieux valait garder le silence. Bernard Couplet a commencé par jouer l'indifférence, puis il a cru trouver un argument massue mais dont nul n'a saisi la portée : Avec certains de vos amis tels que monsieur Mozzigonacci, a-t-il insidieusement émis, notre démocratie n'a qu'à bien se tenir. Devant l'échec de ce coup bas, lui préférant l'indignation, il a cru bon de le transformer en coup d'éclat et, se levant avec solennité, il a quitté le plateau en direct. Cela aurait pu faire son petit effet mais, la caméra cadrant alors Chanelle et le micro de Couplet s'étant dégrafé dans le mouvement, personne ne s'en est aperçu.

Dès lors, sans redouter apparemment le hors-sujet, les digressions de Chanelle se sont déployées sur différents thèmes. Se référant dès que possible à la pensée du président Terrail, il s'est risqué jusqu'à l'exaltation des valeurs familiales qui n'avait plus grand-chose à voir avec la catastrophe mais lui a permis de renouveler son hommage à Franck Terrail, à sa compagne Nicole Tourneur ainsi qu'à sa belle-fille Louise Tourneur. M'est-il nécessaire de rappeler que, non contente de partager la couche du président, Nicole Tourneur est également secrétaire nationale de la Fédération populaire indépendante ?

On a repassé la parole aux experts qui ont commencé à se disputer entre eux, leurs échanges étant rythmiquement coupés par des séquences à vif : interviews de témoins – j'ai reconnu l'une des filles qui tiennent l'accueil au centre commercial –, réaction du ministère de l'Intérieur, souvenirs d'astronautes, premiers pronostics des sondeurs d'opinion. Point sur la situation à Auteuil effectué tous les quarts d'heure par un stagiaire sur fond de ruines fumantes, pendant qu'un autre battait la semelle devant le seuil de l'ambassade de Russie. Puis le plateau s'est renouvelé : on a fait venir, tant qu'on y était, des philosophes, des hommes d'Église et des tenants du millénium, il y a même eu un druide évhémériste en tenue vociférant que c'était toujours pareil, qu'il s'était tué à prédire un désastre et qu'on n'avait pas voulu l'écouter.

Le tout se trouvait évidemment scandé par des spots marchands de toute espèce – croisières de rêve, détergent phénoménal, monte-escalier mirobolant –, les annonceurs ayant triplé leur prix à l'occasion de cette affaire et, comme cela traînait, je suis passé de chaîne en chaîne jusqu'à tomber sur un documentaire à ma convenance. Or celui-ci, d'abord innocemment animalier, mais qui évoquait l'extinction à moyenne échéance des éléphants d'Asie comme d'Afrique, anticipait ensuite celle de l'ensemble des animaux, de moins en moins grosse taille et à plus ou moins long terme. Comme il tendait à se conclure encore sur le thème général des catastrophes, devant celles-ci je me suis lassé puis rassoupi.

5

Mon sommeil n'a pas duré. À peine ma secrétaire venait-elle de reparaître que, m'arrachant à ses lèvres et plus tonitruant que les précédents, un nouveau générique a surgi du poste, annonçant une autre édition spéciale mais sur un sujet différent.

Il est peu courant, me semble-t-il, que les éditions spéciales se succèdent à un flux si tendu. Je n'ai pas de pouvoir consultatif mais il ne faudrait quand même pas, si je puis me permettre, qu'elles deviennent à ce point systématiques car on n'aurait plus le temps de souffler. Compte non tenu de ce que les producteurs, réalisateurs et présentateurs des éditions ordinaires pourraient se mettre à protester, menaceraient de se mettre en grève d'où naissance possible de mouvements sociaux, d'où risque éventuel de violences urbaines, d'où nouvelles éditions spéciales et nous n'en finirions pas.

Mais bon, j'ai regardé. Cette édition-là s'ouvrait sans transition sur une vidéo. On y voyait une belle femme d'une large cinquantaine d'années, que j'ai trouvée sommairement fagotée – haut de survêtement verdâtre sur T-shirt marron –, cadrée en plan poitrine et face caméra, qui déclarait quelque chose et qui me rappelait quelqu'un. Prise de vue tremblotante, lumière trop contrastée : il s'agissait à l'évidence d'un travail d'amateur. Le quelque chose que déclarait cette femme, elle avait plutôt l'air de le lire car, son regard se détournant sans cesse comme pour consulter un prompteur, le ton de sa voix était monocorde et pas très assuré. Quant au quelqu'un qu'elle me rappelait, cela d'abord a tant mobilisé mon attention que je n'ai pas bien saisi tout de suite ce qu'elle disait. Et finalement, plus que son visage, c'est ce plan poitrine et cette poitrine elle-même qui, m'ayant tiré l'œil, m'ont fait enfin l'identifier. Je l'ai reconnue, je l'avais déjà vue sur mon téléviseur mais dans d'autres contextes : sans son maquillage ni son thermobrossage, il s'agissait assurément de Nicole Tourneur, secrétaire nationale de la Fédération populaire indépendante et deuxième épouse de son président Franck Terrail, déjà évoquée tout à l'heure pendant le débat sur Auteuil.

Soit dit incidemment, que Nicole Tourneur ait gardé son nom de jeune fille à moins que le patronyme d'un de ses précédents maris, on ne sait pas bien pourquoi et cela ne me regarde pas. On observe parfois ce phénomène chez certaines femmes devenues des personnages publics : elles ont eu beau se remarier dix fois, elles ont été bien obligées de conserver leur ancien nom, faute de quoi devraient-elles tout reprendre à zéro, mais passons.

Fin de la vidéo. Plan d'ensemble sur un nouveau plateau, plans serrés successifs sur les invités que le présentateur a nommés l'un après l'autre. Scientifiques, militaires, philosophes et druide avaient disparu, remplacés par deux éditorialistes et quelques politiques inconnus de moi sauf Joël Chanelle, toujours en première ligne et qui avait seulement changé de fauteuil. D'une édition spéciale à l'autre et à ce train, Chanelle aurait dû être épuisé, du moins l'eussé-je été à sa place, mais pas du tout, il m'a au contraire donné l'impression d'être en meilleure forme encore que tout à l'heure. La situation présente – soit le rapt, si j'avais bien compris, de sa secrétaire nationale – le concernant étroitement, cela aurait dû aussi l'inciter à un affrontement plus ardent que lors du débat précédent qui imposait, face au drame d'Auteuil, une mine de déploration collective. Mais pas du tout non plus : confronté à ce qui semblait être un enlèvement d'ordre politique – et pas n'importe lequel, Nicole Tourneur étant une figure notable de cette sphère –, l'unanimisme grave a encore été de rigueur, Chanelle malgré son excellente forme s'est aligné sur ce registre, choisissant de rester sobre, digne, drapé dans une posture de hauteur blessée.

Rediffusion de la vidéo pour ceux, a précisé l'animateur, qui viennent de nous rejoindre. Et là, j'ai plus attentivement écouté ce que disait la mère Tourneur. Il ressortait de ses propos qu'elle était retenue par un groupe dont la nature et le but m'ont paru flous, les revendications elliptiques et l'idéologie brumeuse, mais qui semblait ouvrir la porte à des négociations : la nature de celles-ci serait précisée dans un prochain communiqué. Tout cela était bien vague à moins que je n'aie su l'analyser.

En attendant mieux, je dois témoigner que Nicole Tourneur n'est vraiment pas mal dans le genre de son âge, catégorie mature que je ne dédaigne point. Quoique dans un autre style, davantage frais, j'éprouve un penchant bien plus vif pour sa fille, Louise Tourneur, qu'on voit aussi parfois à la télévision car elle occupe un peu de fonction dans l'organigramme de la FPI. Elle doit y être conseillère médias, quelque chose comme ça, car elle paraît aimer communiquer autant que possible mais elle n'était pas là sur ce plateau, et j'ai vivement déploré son absence. Bon, vu la situation, bien sûr que je l'ai comprise, sans doute avait-elle à faire ailleurs en de telles circonstances, mais tout autant je l'ai regrettée car rien ne me déplaît chez Louise Tourneur. La totalité de sa personne me ravit, point par point. Regard, visage, allure, sourire. Silhouette, attaches, élégance, formes. Prestance, distinction, voix. Mais assez parlé de moi.

6

Parfois je n'en peux plus, se lamente Ermosthène à voix basse. Concentre-toi un peu, murmure Apollodore.

Non loin d'eux, seule et nue, Louise Tourneur va et vient dans une piscine de vingt mètres sur douze. En arrière-plan se dresse une villa moderne et tarabiscotée : décrochements et surplombs, verrières polychromes, échauguettes bivalves, balustres asymptotes et autres finasseries.

La piscine est bordée sur ses largeurs de cactées géantes en pots et, sur une de ses longueurs, une barrière végétale constituée de volumineux agaves en rang la protège des regards extérieurs. Alentour se déploie une terrasse en marbre antidérapant ponctuée de jarres vernissées dans lesquelles se développent du *Melianthus major* ou du *Fatsia japonica.* Des fauteuils en fibre de chanvre, chaises longues en cuir de lézard noir et tables basses en ronce de benjoin définissent un salon d'été, autour d'une desserte supportant nombre d'alcools faibles et forts, sodas, boissons énergétiques, avec un seau à glace en vermeil repoussé au flanc duquel, tendrement, le soleil vient de poser un lascif reflet. On est chez les riches, il fait beau.

En marge de la terrasse, dans un espace annexe dévolu au personnel, c'est autour d'une grille de go que s'affrontent les frères Apollodore et Ermosthène Nguyen : ils tentent de rejouer la célèbre partie dite *des Oreilles rouges* qui vit se confronter Hon'inbō Shūsaku et Inoue Genan Inseki à Osaka, du 11 au 15 septembre 1846. Bien qu'absorbés par ce jeu, les frères Nguyen jettent régulièrement de brefs coups d'œil circulaires sur le panorama car ils ont, auprès de la nageuse, le statut de gardes du corps. Corps dont les Nguyen ont pour double consigne de lui tourner le dos tant qu'il est dévêtu – il semble cependant qu'Ermosthène en souffre – et de s'assurer que nul intrus ne l'observe en secret dans ses évolutions.

D'un bout à l'autre elle va et vient donc, Louise Tourneur, de cette piscine carrelée par briques en pâte de verre qui déclinent, du cobalt au ciel, tous les bleus. Son rythme est raisonnable mais soutenu. Passant d'allers en crawl à retours en brasse coulée, une fois sur deux l'on distingue son visage de profil, l'autre fois de face. Elle procède sans forcer, sans s'essouffler ni recruter par trop ses muscles sur un parcours de deux mille quatre cents mètres, demi-fond qu'elle s'impose chaque matin.

À la voir ainsi nager, l'on peut comprendre l'enthousiasme de Gérard Fulmard tant l'anatomie de Louise Tourneur – floutée par le remous, prolongée par le sillage, festonnée par l'écume – paraît élancée, longiligne, harmonieuse, d'autant mieux proportionnée que le mouvement flatte ces attributs. Ses cent vingt longueurs accomplies, comme elle sort de l'eau, se hissant aux barreaux de l'échelle en agitant ses cheveux, nue à l'air libre on la voit d'autant mieux.

Dès lors on se prend à déchanter un peu car enfin n'exagérons rien, Fulmard s'est exalté, Louise Tourneur n'est pas mal du tout, certes, mais pas tant que ça. Même si elle incarne un modèle standard de grande blonde mince bronzée, aux courbes assurément calibrées, son menton présente une légère angulosité, son œil gauche diverge légèrement, ses pieds ne sont pas si menus, de petites choses comme ça. N'allons pas cependant trop loin non plus, reconnaissons qu'elle a de l'allure, mais quand même pas au point imaginé par Gérard – celui-ci ne l'a d'ailleurs jamais vue que maquillée sur un écran, photoshoppée dans un magazine ou retouchée sur des affiches, ce qui assure de la marge.

Paraît alors à l'autre bout de la piscine, issu d'assez nulle part pour avoir détourné la vigilance des frères Nguyen, un type également blond mais en pantalon blanc, veste jaune, carnation pâle et larges épaules, trente ans. Louise Tourneur connaît un peu ce type, Guillaume Flax, on le lui a présenté lorsqu'il était une jeune étoile montante au sein de la FPI. Mais tout stellaire qu'il paraissait, Flax n'a vite fait que seulement le paraître : son étoile s'est avérée filante avant de s'éteindre et se muer en simple satellite de Joël Chanelle, soleil du parti dont Flax n'est plus qu'un second rayon, confiné à la coordination entre sections sous le contrôle de Cédric Ballester qui est, lui, comme nous le verrons, un astre autrement prometteur dans l'organigramme du parti.

En tout cas le voici, le jeune Flax, sourire ému, profitant du spectacle jusqu'à ce que Louise Tourneur découvre sa présence. Le peignoir de Louise étant plié trop loin sur un transatlantique, elle cherche du regard un drap de bain tout en se construisant une moue de pudeur offensée – on n'est jamais tranquille, c'est les Nguyen qui vont m'entendre. Mais Flax marche déjà vers le transat, saisit le peignoir qu'il tend, quoique d'assez loin pour contraindre la jeune femme à faire devant lui, toujours nue, deux pas avant de s'en emparer.

C'était juste pour prévenir, dit Flax pendant qu'elle ceinture le vêtement, il y a Franck qui demande après vous. Il aurait pu m'appeler directement, fronce Louise Tourneur. Il ne m'apparaît pas, fait valoir Flax, que vous disposiez d'un téléphone sur vous en cet instant. Franck me dépêche, donc je me dépêche. Mais tout dépêché qu'il se dise, et malgré sa mission accomplie, Flax ne paraît pas disposé à s'en aller.

Avec un large temps de latence – lié à un différend territorial dans l'angle inférieur droit du *goban* –, les Nguyen ont enfin surgi. Louise Tourneur leur ayant lancé deux brefs mouvements d'œil et de menton, Apollodore Nguyen saisit poliment le coude gauche de Guillaume Flax, Ermosthène fermement l'épaule droite, puis on le reconduit vers la sortie avec assez de vigueur pour que Flax, un instant déséquilibré, manque de se prendre les pieds dans le premier agave du rang. Louise Tourneur n'a pas regardé s'éloigner le trio : à sa maussade manière d'essorer sa chevelure, rajuster son peignoir de guingois, s'y reprendre à plusieurs fois pour allumer une cigarette, on infère qu'elle est contrariée.

Elle a traversé la terrasse vers la villa, est montée dans sa chambre où elle s'est douchée, maquillée en vitesse, habillée plus lentement car hésitant d'une part entre trois hauts et, d'autre part, sur les diverses raisons qu'a bien pu trouver Franck Terrail pour la convoquer. Puis elle est ressortie, s'est dirigée vers une autre villa dressée à trois cents mètres, d'une architecture parente et où réside Dorothée Lopez. Louise Tourneur connaît assez bien Dorothée Lopez pour passer sans prévenir.

Entrée sans frapper, elle traverse le hall vers un salon où, un téléphone collé à chaque oreille, Dorothée Lopez paraît tenir deux conversations très nerveuses en même temps, debout devant son téléviseur sur l'écran duquel Louise Tourneur aperçoit Nicole Tourneur, face caméra, tenant des propos inhabituels dans des vêtements inhabituels et sur un ton inhabituel et Louise écarquille : Qu'est-ce qu'elle fait là, ma mère ? pense-t-elle. Puis demande-t-elle à Dorothée.

7

Le salon, chez Dorothée Lopez, relève du même genre fortuné que le salon d'été de Louise Tourneur près de sa piscine, mais en plus vaste et mieux adapté aux trois autres saisons. Les tapis et les meubles – guéridons stratifiés de livres d'art et de catalogues de salles des ventes, méridiennes, sofas, poufs – ainsi que la décoration – un Staël, un Klein, trois antiquités soclées – dénotent un goût et un matelas bancaire analogues.

Ce cadre est à peu près semblable dans la douzaine d'opulentes demeures qui, voisinant avec celles de Lopez et de Tourneur, forment un complexe résidentiel clos, privé, autonome et coupé des échanges urbains : tout y est conçu pour assurer la paix de leurs propriétaires. Quelque part entre La Muette et Sablons, son adresse est d'ailleurs si discrète, si confidentielle qu'ici même on ne peut pas l'indiquer plus précisément.

Tel ensemble n'est pas unique en son genre. Il en existe d'autres dans Paris et sa couronne tels la Villa Montmorency, le Hameau de Boulainvilliers ou le Parc de Maisons-Laffitte, mais ceux-ci sont moins étroitement surveillés. Celui-là, ceint de murs végétalisés hauts de trois mètres, bardés de capteurs à infrarouge, caméras thermiques et autres détecteurs de mouvements, d'odeurs, d'haleines ou de battements de cœur, on y accède par un portail à double grille et chicane dissuasives, code électronique et garde assermenté sous casemate, avant de s'y aventurer sous une foule de regards vidéosurveillants.

Le complexe a été construit il y a une vingtaine d'années, sur la base d'une vieille zone énergiquement expropriée, sous les yeux fermés à prix d'or de la commission du plan local d'urbanisme. Lors de sa conception, inspirée par les thèses d'Oscar Newman sur l'espace défendable, la voirie a d'abord été repensée : l'obturation des anciennes voies de plan quadrangulaire et leur transformation en culs-de-sac ont permis de réduire les flux en simplifiant la supervision des allées, venues, entrées, sorties, contrôlées par des vigiles à bullmastiffs en ronde régulière autour des résidences, elles-mêmes équipées d'un arsenal technologique sans cesse renouvelé – vitrages multifonctions, centrales domotiques, commandes automatisées.

Tous les habitants de cette enclave fortifiée se connaissent, se ressemblent, s'entourent de leurs pareils sur un mode tribal de cooptation, de sorte que leurs foyers se ressemblent aussi à un signe extérieur – Paul Newman's Daytona, Bugatti Veyron Supersport ou Cy Twombly – de richesse près. Si chacun jouit de sa propre piscine et de son home cinéma, une salle de sport et des tennis communs marquent leur solidarité. De même, à tour de rôle, selon ses talents et ses goûts, un contrat collectif prévoit que chaque résident chapeaute un aspect du bunker.

Car on le sait bien, c'est un trait propre aux nantis d'être solidaires : leur but est la sécurité sociale, le capital incite à l'entre-soi. Et si la concurrence les avait d'abord poussés à se bousculer et piétiner dans un éperdu chacun pour moi, fortune faite ils optent pour un bien immobilier collectif dont ils assurent seuls la maintenance. Cette communauté d'intérêts leur semble rien de moins que saine. Serrant leurs coudes sans obérer leur liberté d'action, ils se sont réparti les tâches : tel s'occupe ainsi du paysagisme à ses moments perdus, tel autre de l'administratif, tel encore du suivi informatique. Quant à la sélection du personnel – agents d'entretien, jardiniers, gardiens, domestiques –, elle est prise en main par Dorothée Lopez : c'est à elle que l'on doit par exemple, passé les tests, les entretiens préliminaires et la période d'essai, le recrutement – toujours à durée déterminée – des frères Nguyen.

Dorothée Lopez : avocate au barreau de Paris, consultante auprès de la FPI et intime de ses dirigeants, haute quinquagénaire svelte aux ondulations rousses, vêtue d'étoffes légères, flottantes et ton sur ton. Elle continue de parler nerveusement dans ses deux téléphones et sans doute s'adresse-t-elle, en ce moment de crise, à deux cadres du parti dont la secrétaire nationale s'exprime toujours en plan fixe. Ce plan s'achevant, l'actualité reprend ses droits, notre envoyé spécial sur place dresse un nouveau bilan du désastre d'Auteuil, Lopez éteint ses téléphones et son téléviseur en marmonnant qu'ils nous emmerdent avec leurs catastrophes.

Quand Louise Tourneur demande à nouveau ce que sa mère fait là, Dorothée Lopez laisse entendre qu'elle paraît en mauvaise posture : J'ai essayé de joindre Chanelle, là, on ne peut pas rester sans rien faire. Il faut qu'on s'accorde sur un communiqué de presse, mais pas moyen. Je ne tombe que sur son répondeur ou sur des incapables. Il faudrait que quelqu'un, je ne sais pas, moi. Ballester ? suggère Louise Tourneur. Non, coupe Lopez, Cédric est un peu jeune pour gérer le truc. Franck est au courant ? suppose Louise Tourneur. Ne me parle pas de Franck, évacue Lopez, c'est encore pire que d'habitude. Il est dans un état terrible, Franck, on ne peut pas compter dessus.

Franck : Franck Terrail, soixante-huit ans, énième époux de Nicole Tourneur, président fondateur de la FPI mais cette fonction n'est plus qu'honorifique. Historien de formation, il est revenu à ses recherches personnelles et s'en occupe exclusivement. N'assiste plus aux congrès du parti, assises et autres universités d'été que pour la forme et sans jamais trancher. Délègue de plus en plus tout ce qui est pouvoir décisionnaire à Joël Chanelle.

Une pause. On réfléchit. Thé à la cannelle, biscuits japonais, feulement d'un moteur V8 bi-turbo de Koenigsegg Agera dans l'allée, piaillements de corneilles et de martinets.

Cela dit, propose Dorothée Lopez, tu pourrais essayer de lui parler de ton côté, à Franck, c'est quand même ton beau-père et toi il t'écouterait. Louise élude qu'elle va voir, qu'il faut voir, qu'elle verra. Je comprends, soupire Lopez, Franck n'écoute que Luigi de toute façon. Luigi Pannone, tu vois qui c'est ? Bien sûr que je vois, se lèvent au ciel les yeux – verts – de Louise Tourneur. Bon, tranche Lopez, je vais faire un premier brouillon de communiqué en attendant de joindre Joël. Si ça tarde, j'enverrai le petit Flax. Ou bien Cédric, évidemment.

Cédric : Cédric Ballester, trente-deux ans, adjoint parlementaire de Joël Chanelle. Beau brun à longs cils, regard profond, lèvres consistantes et dents longues, Cédric Ballester est de ceux qui courent après, sexe ou pouvoir ou les deux, tout ce qui bouge. Avec Lopez elle-même il a su déployer ses talents : elle se souvient par le détail du soir où il l'a circonvenue, séduite, pénétrée sous trois angles et larguée en trois heures. Elle lui a pardonné. Oublions.

Oublions car on sonne à la porte et Dorothée Lopez va voir ce que c'est. Louise Tourneur l'entend s'entretenir avec l'aîné des Nguyen venu s'excuser de leur retard à réagir, son frère et lui, tout à l'heure à la piscine. Et si Mme Lopez pouvait intervenir auprès de Mlle Tourneur pour que celle-ci ne leur en tienne pas rigueur, etc. Lopez abrège, promet, revient en grommelant qu'on n'a jamais la paix, mais de quoi parlait-on donc ?

8

Occupons-nous, quelques jours plus tard, de moi qui continue à monter mon projet.

Côté secrétariat, j'ai cessé de rêver, différé mes projets d'embauche – j'étudiais d'ailleurs moins les profils d'éventuelles candidates dans les fichiers de Pôle emploi que sur le papier glacé de périodiques spéciaux diffusés à fins d'onanisme, faute de mieux car force est de l'admettre, la vie sexuelle de Gérard Fulmard est réduite aux acquêts, lesquels sont loin d'être bézef. Mais patience, ne nous hâtons pas, considérons cette abstinence comme un carburant de mon projet, posons même qu'un ascétisme raisonné incite à se concentrer plus aigûment sur l'avenir.

En attendant, j'ai touché avant-hier un mot de mon projet entrepreneurial au docteur Bardot. Il n'a pas réagi, ne m'a même pas encouragé, peut-être n'a-t-il pas compris ou, va savoir, pas écouté. J'ai de plus en plus le sentiment qu'il s'en tamponne.

Le siège social de mon entreprise, on l'a compris, est situé pour le moment rue Erlanger. J'ai déjà laissé entendre qu'elle n'est pas bien allègre, la rue Erlanger, rien n'est parfois si maussade et surtout le dimanche que ses 495 mètres sur 12, son trafic ténu, ses commerces au nombre de quatre : un institut de massage oriental, une échoppe de téléphonie mobile, un vendeur de systèmes intelligents d'aquabiking individuel et un bar à ongles. Il y existe bien aussi, côté bouche, un magasin de primeurs mais ses tarifs sont prohibitifs à l'indice Fulmard. C'est ainsi devenu toute une affaire pour aller faire mes courses depuis que le déchet soviétique nous a niqué le centre commercial.

Mon établissement principal, donc, tel qu'il se présente actuellement : ces deux pièces et demie sur la porte desquelles, faute encore de moyens pour me faire graver une vraie plaque, j'ai recouru à une étiqueteuse Dymo pour y apposer le sigle C.F.A. suivi de la mention *Sonnez puis entrez.* Ces initiales me plaisent, je leur trouve plus d'allure que l'intitulé complet, elles vous ont un côté anonyme, initiatique et chic, un peu anglo-saxon qui m'agrée : le Cabinet Fulmard Assistance est à présent lancé sur le marché.

Côté aménagement, j'ai transformé comme prévu ma demi-pièce en salle d'attente, meublée de trois chaises et isolée de mon bureau par une paroi en plastique vert sapin renforcé, repliable en accordéon et qui grince à l'usage mais ça va, ça va d'autant mieux qu'il y a pour le moment peu de monde. Comme c'est à moi d'attendre celui-ci, et l'hygiène inspirant la confiance, j'ai procédé à un ménage à fond : balayé, dépoussiéré, fait les vitres en suivant un conseil pratique découvert dans le gratuit qui a publié mon annonce, froissant donc ses propres pages humectées de vinaigre blanc. J'ai disposé ensuite d'autres gratuits sur une des chaises, accompagnés de magazines que je confisque parfois dans les boîtes aux lettres de l'immeuble d'où ils dépassent et font, à mon goût, vilainement saillie. L'ordre règne ainsi mieux dans le hall et si des voisins venaient à se plaindre de ces prélèvements, ils devraient être en toute logique mes premiers clients : je défendrais avec joie leurs intérêts. À présent que tout est propre, je veille.

Cela va faire six jours que je veille à mon poste de travail meublé par une armoire métallique étroite, les deux fauteuils de ma mère face à mon bureau derrière lequel, dans un troisième trouvé sur un trottoir, je sieds. J'y sieds tout en feuilletant les magazines de mes voisins, une fois roulés en boule leurs emballages translucides qui peuplent seuls, momentanément veux-je croire, ma corbeille à papier.

Mon bureau n'est qu'une planche à tréteaux dont j'ai adouci la rigueur par un tapis Bulgomme où reposent une lampe, un registre, un bloc, un cendrier. L'armoire métallique étroite, comme on en voit dans les vestiaires des salles de sport et supposée ployer bientôt sous les dossiers de ma clientèle, je n'y entrepose pour le moment dans le tiroir du haut, verrouillé, que les périodiques spéciaux dont j'ai parlé. Quant à la décoration murale, j'ai choisi la sobriété : derrière moi s'affiche un diplôme d'ingénieur-conseil encadré, trouvé chez Emmaüs et sur quoi j'ai gratté le nom d'un certain Floquet François pour y substituer celui de Fulmard Gérard, rien d'autre.

Depuis lundi, me voici prêt. Or nous en étions au vendredi et, par-delà mon dépliant sapin, j'ai entendu qu'enfin l'on sonnait, qu'on entrait et qu'on s'asseyait. J'ai eu soin de ne pas sauter sur l'arrivant, j'ai pris le temps de me sculpter un masque de professionnel n'ayant pas que ça à faire. Feignant de parler au téléphone, assez fort pour que m'entende et soit impressionné le client, j'ai lâché dans le vide n'importe quels gros chiffres, j'ai balancé un ou deux noms connus en compagnie de quatre mots d'anglais que je sais.

Me levant enfin, j'ai déplié ma cloison puis considéré le type en costume zinc serré et chemise boutonnée jusqu'à la glotte qui se trouvait être mon premier client. Il avait l'air bien vieux, ses pommettes étaient pâteuses, violâtres, sa calvitie couleur de stéarine, il n'était pas attractif. Je l'ai fait passer dans mon bureau d'un regard grave et, une fois qu'on s'est installés face à face, j'ai encore fait semblant de sentir mon téléphone vibrer : levant mon index qui figurait un instant de patience, j'ai produit avec agacement deux phrases d'intérêt général sur le ton de me défaire d'un important gêneur. Après quoi j'ai affecté de vérifier un truc dans mon registre dont j'ai caché la virginité. Resté pensif comme si j'étais en train de prendre une décision cruciale, j'ai paru enfin découvrir la présence du vieux et je vous écoute, lui ai-je affirmé.

Même à moi qui débute, son affaire m'a paru

simple, sa femme avait disparu, c'est ce qu'il m'a annoncé d'un trait, j'ai pris soin de ne pas laisser voir combien je la comprenais. Je me suis emparé de mon bloc et d'un Bic pour résumer ce qu'il racontait mais voici que mon Bic était sec : j'ai vainement gratté le bloc qui s'est déchiré avec une traînée sale. Comme je voyais le vieux suivre le mouvement, je me suis ravisé : j'ai marqué une pause, rangé le Bic et prétendu adapter ma méthode à son cas particulier. Dans ce genre de conjoncture, lui ai-je exposé, j'aime mieux ne rien noter pour le moment. Je préfère, ai-je développé, qu'à notre interaction verbale se conjugue un échange de regards, voyez-vous, que ce premier entretien passe en quelque sorte par une manière de troc scopique – je ne sais pas comment je venais de forger ce concept, en tout cas le vieil homme a hoché avec vigueur. C'est ainsi que je travaille, ai-je effrontément conclu.

Le vieux a paru épaté par cette problématique : après qu'il a mordu, le voici qui déballe. Sa femme ou plus précisément, disons, sa protégée – un veuf qui avait dû se remettre avec une jeunesse, quelle erreur – s'était donc évaporée l'avant-veille. Il avait vu mon annonce dans le gratuit et voilà. Bien, ai-je émis. Elle a emporté des affaires ? Elle avait des amis ? Vous n'aviez rien remarqué avant ? Vous vous étiez disputés ? Non, a répondu chaque fois l'homme âgé. Et elle s'appelle Janine. Peut-être pas si jeune que ça, ai-je déduit en mon for.

Après qu'il m'a livré sa petite histoire, tout de suite j'ai dramatisé afin de faire monter l'enjeu donc le tarif. Le cas semble sérieux, ai-je diagnostiqué, sans doute plus que vous ne l'imaginez. Il convient donc de parer au plus pressé. Jurant de m'en occuper toutes affaires cessantes, j'ai retenu mon souffle en indiquant mes honoraires, deux cents euros par jour plus les frais.

Je n'ai jamais bien compris ce que signifie au juste l'expression *plus les frais*, syntagme recueilli dans des ouvrages de genre, mais je suppose qu'elle désigne les taxis, les tickets de métro – surtout dans mon cas les tickets de métro –, les apéritifs utiles aux recherches et tout ce genre de choses, quoi qu'il en soit je me proposais d'englober le plus de charges possible dans cette niche. En tout cas le vieux a consenti aveuglément et j'aurais dû demander trois cent cinquante, mais le mal était fait.

Si je connaissais maintenant le prénom de Janine, je me suis rendu compte que je ne lui avais pas demandé son nom à lui, mon client, ce qui n'était pas très professionnel et j'ai craint qu'il s'en inquiétât. La sécheresse de mon Bic – je n'en avais pas de rechange – m'empêchant de noter son identité, j'ai trouvé le moyen de m'en justifier par un autre concept hasardeux : l'anonymat préliminaire est un précieux compost, lui ai-je assuré avec un bon sourire – décidément j'étais d'humeur à forger. Comme il me souriait timidement en retour, j'ai ajouté que ce serait tout pour aujourd'hui car je devais réfléchir, ne sachant plus trop quoi lui dire en vérité sinon le montant de notre entretien de ce jour : quatre-vingts euros, je vous prie, ai-je assené. Il a encore acquiescé et tout marchait et je me trouvais très bon. Je peux vous faire un chèque, m'a-t-il proposé : j'ai abondé avec joie dans ce sens. Après qu'il a ainsi payé sans rouscailler, je lui ai fixé un rendez-vous au lendemain pour un examen plus approfondi des choses. Et qu'il paie de la sorte plus profondément.

Censé donc réfléchir après qu'il est parti, peu de temps m'a suffi pour admettre que réfléchir, je n'en étais pas capable. L'émotion, peut-être, du premier client. J'ai fait semblant de ranger mes papiers mais, comme j'avais peu de papiers, et comme à quoi bon faire semblant pour soi-même, je suis allé faire un tour dans la salle d'attente pour me dégourdir les jambes. J'y ai happé un quotidien payant, sans doute oublié par le vieux, et le feuilletant j'ai appris que la patronne de la Fédération populaire indépendante était toujours portée disparue. On attendait que ses kidnappeurs s'expriment, on était inquiet en haut lieu. On attendait une réaction officielle de son époux Franck Terrail, qui devait s'exprimer dans le cadre d'un meeting exceptionnel. On attendait que soient précisés la date et le lieu de cette manifestation. On attendait, semblait-il, pas mal de choses et je pouvais le comprendre. J'ai pris le parti d'attendre aussi.

9

C'est à bord d'un roadster Honda jaune, une oreillette calée dans son pavillon gauche, que Luigi Pannone roule au-delà de la vitesse prescrite sur le boulevard périphérique intérieur, à hauteur de la porte Brancion, vers l'ouest. Ses mains sont moites, ses sourcils froncés, son nez chaussé de verres polarisants qui le protègent d'un soleil dont les rayons s'étirent avant d'aller se coucher.

Luigi Pannone est un sujet maigre et sec, taille moyenne et profil en couteau, sanglé dans un blazer cintré, peigné au gel et doté d'un fil de moustache tracé au fusain. Officiellement gestionnaire de biens, Pannone est surtout un permanent de la Fédération populaire indépendante, les biens qu'il gère étant avant tout ceux, intellectuels et moraux, de Franck Terrail dont il est l'assistant n° 1.

Ancien cadre turinois du MSI dont il s'est détaché après le tournant de 1995, Pannone a dû quitter le Piémont pour s'installer en France où, d'abord militant de base au sein de la FPI, il en a grimpé les échelons pour se mettre au service exclusif du président Terrail : devenu son conseiller, son confident, à l'occasion son cuisinier, il s'occupe avec dévouement de toute chose requérant un sens pratique dont Franck Terrail est mal pourvu.

Comme il quitte le périphérique à la porte de Sèvres avant de fendre impétueusement la rue Balard, son autoradio lui propose une synthèse de ce que l'on sait, pour l'heure, quant au rapt de Nicole Tourneur : Pannone monte le volume à fond pour aussitôt le baisser car, par son oreillette, il en sait plus là-dessus que la station d'information. Parvenu quai André-Citroën, il longe la rive gauche du fleuve sur trois centaines de mètres avant d'atteindre les hauts immeubles du Front de Seine au pied desquels, se garant n'importe où, il voit s'éloigner un Audi Q2 havane : Pannone l'identifie, Pannone grimace en pensant aux traitements – psychologique, électrique et intraveineux – qu'on inflige à Terrail tous les jours que Dieu fait, sans parler de tous les examens qu'il doit subir. C'est au pas de charge qu'il gagne ensuite la tour Nelson dont l'ascenseur express le hisse au 22e étage, couloir à droite et deuxième porte à droite dont Luigi Pannone, homme de confiance, détient un double de la clef.

Passé l'entrée de l'appartement, Pannone jette un coup d'œil sur le salon vide, un clin d'œil sur chaque chambre puis il s'oriente vers le bureau, frappe à sa porte dont, n'obtenant pas de réponse, il tourne délicatement la poignée. Il s'agit d'une pièce vaste mais sombre, les stores baissés laissent à peine distinguer des murs vêtus de rayonnages bondés, un meuble de travail à tiroirs et tablettes surchargé de papiers, de dossiers, de livres, un pupitre tout aussi lesté, deux fauteuils encadrant un divan sur lequel, prostré, Franck Terrail entrouvre un regard gluant.

Pas rasé, dépeigné, blafard en robe de chambre mal ficelée, le président de la FPI n'a pas l'air au mieux de sa forme. Il tient en main des documents de petit format, apparemment contenus dans une anthologie in-octavo brochée de poètes augustéens qu'il referme aussitôt sur eux. Ça va, Franck ? s'enquiert prudemment Pannone. Terrail se redresse à peine, glisse l'anthologie sous le divan puis, se rallongeant : Pas trop, prononce-t-il pâteusement, j'ai l'impression que mes forces m'abandonnent.

Franck, encore : normalien, agrégé d'histoire, auteur d'une thèse de référence intitulée *Pouvoir et prestige des élites locales en Égypte pendant la Première Période intermédiaire (fin du IIIe millénaire avant J.-C.)* et publiée chez Perrin en version condensée, rien ne prédisposait à la vie politique cet homme qui est rien moins qu'un tribun. Intellectuel spéculatif peu liant, préférant l'écrit solitaire à l'oral tumultueux, Franck Terrail n'est pas plus effusif que disert, pas homme à mener campagne et s'en aller serrer des mains sur les marchés du dimanche : il n'aime ni les dimanches ni les marchés ni serrer quoi que ce soit. De plus, toujours indécis devant tout arbitrage, incrédule face à la moindre option, il se cloître volontiers dans une réticence sceptique universelle, mal appropriée aux manières de pouvoir. Il n'était pas fait pour ça, non, d'autant moins que son humeur vire trop souvent à l'abattement.

Luigi Pannone remonte les stores, levant les yeux au ciel qu'il découvre ainsi : lumineux, dégagé, non loin du crépuscule. Pannone est familier de cet état chez Franck, rompu à ses effets, de son chef il connaît les faiblesses. Quand surviennent ces accès auxquels il est sujet, Pannone le sait avoir recours à divers thérapeutes – choisis par discrétion dans les rangs du parti. Alors vous avez vu le docteur, Franck ? interroge-t-il. Quel docteur ? marmonne Terrail. Celui de la tête, précise Pannone. Ah oui, maugrée Terrail, c'est un crétin. Et vous avez pu dormir un peu ? demande encore Pannone, vous avez mangé quelque chose ? Rien du tout, murmure Terrail. Rien avalé depuis deux jours.

Normal avec toute cette histoire, se permet de commenter Pannone. Comme Terrail demande quelle histoire, Pannone préfère ne pas répondre. Ça ne va pas du tout, pense-t-il puis articule-t-il d'une voix ferme. Or nous avons à faire et le programme est chargé. Vous êtes faible et le corps languit sans nourriture, je vais vous préparer des orecchiette comme je sais faire comme vous aimez. Mes petites orecchiette aux anchois et aux pousses de navet, non ? Les bonnes orecchiette de Luigi ? Si tu veux, soupire Terrail en se levant très lentement. Et puis même non, juste un œuf, ça ira.

Je m'en vais pisser en attendant, déclare-t-il songeusement. À peine est-il sorti que Luigi Pannone marche droit vers le divan, s'accroupit, fait glisser vers lui le recueil augustéen qu'il ouvre, en retire les documents qu'examinait Terrail et : Nom de Dieu, frémit Pannone. Il ne manquait plus que ça.

Ce sont des photographies, au nombre d'une douzaine. Toutes représentent la même personne, en l'occurrence Louise Tourneur sous divers angles mais avec un point commun : elle est au moins tout aussi nue que l'autre jour à la piscine. À leur cadrage improvisé, on voit qu'elles ont été prises à la hâte et l'insu de la jeune femme, à leur usure on voit aussi qu'elles ont été beaucoup regardées, beaucoup manipulées. Pannone reste un moment accroupi à les contempler l'une après l'autre, si concentré qu'il prend conscience avec retard que ses genoux s'engourdissent. Comme il va se relever maladroitement, il manque de tomber, photos en main, quand le corps de Franck Terrail s'encadre dans la porte :

Mais qu'est-ce que tu fabriques ? demande le président.

10

Le corps de Franck Terrail est grand, bien construit, statuaire et découplé. À l'instar de Luigi Pannone, Terrail arbore une moustache mais qui n'a rien à voir : autant celle de Pannone est de ces ornements brefs et linéaires, autant la sienne imposante et fournie, massive et grave, s'impose comme si son porteur était né pour ça, conçu pour l'afficher dès sa venue au monde.

Rassurante autant que majestueuse, non moins autoritaire que bienveillante, la moustache de Franck Terrail ne relève pas de l'assertorique mais de l'apodictique : on ne se demande pas pourquoi il l'a laissée pousser, on ne peut simplement pas l'imaginer sans elle qu'il est en train de lisser du bout des doigts tout en considérant Pannone, lui demandant encore ce qu'il fabrique mais sur un ton plus incertain, avant de s'écrouler d'un coup sur un fauteuil en sanglotant.

Nous voilà propres, pense Pannone en voyant les épaules de son chef se hausser par soubresauts convulsifs au rythme de ses pleurs, les larmes ruisseler de ses yeux en même temps que de son nez dégouline une humeur visqueuse, et ces liquides affluent dans sa moustache où ils se mêlent et c'est bien triste à voir, et le président Terrail n'a pas plus l'air d'un président que vous et moi.

Parce que ces photos, parce que la petite Louise, ose avancer Pannone, c'est à cause de ça que vous ? Il n'a pas besoin d'achever sa phrase et Terrail hoche frénétiquement en produisant une sorte de sifflement brouillé. Ce n'est quand même pas, veut se rassurer Pannone, un truc de chantage qu'on vous a envoyé ? Non, non, hoquète Franck Terrail, c'est moi qui les ai fait prendre. Et je ne peux pas m'arrêter de les regarder, crois-moi que je n'y peux rien. Oh non, s'exclame Pannone. Eh si, convient Terrail. Voilà. Je t'ai tout avoué. Mais enfin Louise, se permet Pannone, vous savez bien que. Oui, geint Terrail entre deux spasmes, je sais. Ses poussées lacrymales s'apaisant un instant, c'est un long souffle à présent qu'il produit. Soixante-huit ans, bordel, soixante-neuf en avril, bon Dieu. Pas un truc de mon âge, renifle-t-il avant de fondre à nouveau.

C'est très embarrassant, synthétise Pannone pendant que l'autre s'est remis à beugler. C'est surtout que c'est la fille de Nicole, quand même, hésite-t-il encore à rappeler, voyez-vous. Je sais, gémit Terrail en extrayant un Kleenex froissé de la poche de sa robe de chambre. Je sais bien, tu sais, se mouche-t-il avec force. Je sais, chuchote-t-il humidement encore. N'y peux rien. Plus fort que moi.

En plus, fait remarquer Pannone, avec ce qui se passe pour Nicole en ce moment. Quoi, Nicole ?

semble émerger Terrail. Ah oui, c'est vrai qu'il y a ça, bien sûr, c'est préoccupant, reconnaît-il, mais sans plus de gravité que s'il évoquait une fuite d'eau sous l'évier. Pardonnez-moi mais à ce propos, l'instruit Pannone, il va falloir y aller. Mais où veux-tu qu'on aille ? se désole Terrail. Le staff a organisé une réunion publique, résume Pannone. Rapport à Nicole. Il faut absolument qu'on réagisse, on ne peut rien faire sans vous. Ils ont trouvé une salle à Pantin au dernier moment, tout était pris ailleurs. Faut y aller. Bon, se résout Terrail. Si tu le dis.

Luigi Pannone a rapidement préparé deux œufs au plat devant lesquels Terrail a chipoté puis on s'est mis en route et la nuit va tomber, mais le roadster est malcommode. Reculez votre siège, Franck, conseille Pannone car les hauts genoux de Terrail dépassant à la base du pare-brise l'empêchent de voir le paysage. Ils ont organisé ça un peu à la va-vite, explique Pannone, mais c'était indispensable. Il ne faut pas qu'on ait l'air trop déstabilisés. On doit réagir avec fermeté, c'est important, il va y avoir les télévisions et tout. Terrail, cependant, considère latéralement et distraitement les façades qui défilent, paraît s'intéresser à la Seine quand on la passe, et pourquoi tu n'as pas pris plutôt le périphérique ? Pas trop la bonne heure, indique Pannone. Vous savez que vous allez devoir prendre la parole, Franck, ajoute-t-il à mi-voix. Je ne sais pas si je pourrai, se dandine le président pour mieux accommoder son arrière-train au siège baquet. Je suis malheureux, tu sais, Luigi, peste-t-il. Ah, je suis malheureux et j'ai horreur de ça.

On aura donc traversé Paris sud-ouest nord-est jusqu'à Pantin où les services techniques de la FPI auront loué, faute de mieux, un gymnase. Il y aura un peu de monde, surtout des militants locaux, les sections ont battu le rappel, la consigne est à l'émotion, la mise en scène est d'autant plus sobre qu'on a été pris de court. Une centaine de personnes debout, devant une estrade où s'alignent sur des chaises en plastique quelques dirigeants du mouvement, son délégué général Joël Chanelle au milieu, au-dessous d'une banderole ayant déjà servi et où se déchiffrent les nom et logo jaune et vert de la Fédération populaire indépendante. Louise est présente en tailleur gris foncé, non loin de Guillaume Flax et de Cédric Ballester tous deux en bleu marine avec Dorothée Lopez en retrait.

On s'est garé où l'on a pu, on a salué le service d'ordre en entrant dans le gymnase, Pannone a pris le bras de Terrail pendant qu'on traversait l'assistance jusqu'à l'estrade et que Chanelle toujours rubicond, potelé, peigné de près, débobinait son discours. Pannone a installé Terrail dans l'unique fauteuil à gauche de la tribune, légèrement décalé des autres sièges, puis il a rejoint Francis Delahouère en contrebas. C'est délibérément, disait alors Chanelle, que nous avons choisi cette modeste salle pour rendre hommage à notre secrétaire nationale. Ce lieu représente notre peuple et, d'une certaine manière, sa volonté de changement. Tu parles, a grincé Delahouère.

Francis Delahouère, assistant de Joël Chanelle : aspect sphéroïdal voisin de celui-ci mais en version effilochée, imprécise, mal rangée. Sa cravate dépasse derrière le col de sa chemise, ses cheveux sont rétifs et ses vêtements, même neufs, paraissent élimés aux extrémités, il ressemble au portrait de Chanelle exécuté par un enfant psychotique. Il glousse en entendant Chanelle marteler qu'on ne répondra pas à cette provocation. Et tu as une hypothèse sur qui a pu faire ça ? s'enquiert Pannone à voix basse. Ça quoi ? demande Delahouère. Nicole, résume Pannone. Aucune idée, grimace Delahouère. Les mots me manquent, poursuit cependant Chanelle, pour exprimer notre tristesse, notre inquiétude et surtout notre colère.

Des spectateurs approuvent haut et fort, d'autres huent que Chanelle calme du plat de la main. Un jeune homme en T-shirt jaune et vert s'agite en lançant vers l'estrade un obscur énoncé, une caméra de télévision se tourne vers lui, deux militants surgissent pour l'apaiser du tranchant de la main. On ne voit vraiment pas qui a pu faire ça, développe Delahouère à voix basse. Des petits cons dans le genre de celui-là, des oppositionnels ou tout simplement des cinglés. Des agités de la fraction Mozzigonacci, peut-être.

Notre colère, crie cependant Chanelle dans le micro, notre révolte ne cessent de gronder contre des institutions permissives qui sont seules responsables, sinon coupables, d'avoir laissé se produire cet acte odieux. Les lazzis reprennent et cette fois Chanelle ne fait rien pour les modérer. Il reprend et conclut son discours par un hommage au président Terrail auquel nous assurons notre affection et renouvelons notre confiance dans ce moment éprouvant. Nous sommes avec vous, Franck. Si vous voulez bien dire un mot. Terrail se lève de son fauteuil plus facilement que prévu.

Comme un petit mouvement se fait au même instant dans l'assistance : Tiens, voilà le petit docteur qui se pointe, remarque Luigi Pannone et l'on aperçoit ce docteur, nommé Jean-François Bardot, en train de se frayer un chemin dans le public pendant que Terrail, loin de bafouiller comme Pannone le craignait, improvise une allocution brève mais efficace où il est question de se rassembler, de ne pas céder à la haine et de persévérer.

Il a toujours de la ressource, Franck, dis donc, observe Delahouère alors que Jean-François Bardot, plein sourire, avance vers Pannone et lui tend toutes ses mains et ses dents. Alors, interroge le docteur, qu'est-ce qu'on peut faire pour être utile ? C'est compliqué, se hausse la voix de Delahouère car l'audience est en train d'applaudir Terrail, on ne peut pas faire confiance aux services de police, ils sont de l'autre côté. En même temps les professionnels n'ont pas envie de s'en occuper, ils ne veulent pas se mouiller, je les comprends. Il faudrait trouver quelqu'un d'extérieur à tout ça, suggère Pannone du bout des lèvres. Je ne sais pas, moi, un indépendant par exemple. On se regarde, songeurs. Ensemble, toujours ensemble ! est en train de conclure fortement Franck Terrail sous les acclamations. J'ai peut-être une idée, prononce Bardot. On se tourne vers lui.

11

Je n'ai jamais revu le vieux, jamais eu de ses nouvelles, peut-être aura-t-il retrouvé tout seul sa Janine ou l'aura-t-il remplacée par quelque Sylvette ou Josiane, il ne m'en a rien fait savoir, paix à ses pulsions, au demeurant son chèque était en bois. Je n'ai d'ailleurs plus jamais vu personne sauf une fois, le surlendemain, un autre vieux un peu moins vieux, cela n'a pas beaucoup duré non plus mais a radicalement changé les choses : je m'explique.

Ayant acheté par précaution deux Bic neufs, un rouge, un bleu, je n'ai plus eu de mal à graver l'identité de ce nouveau client dans le marbre de mon bloc à l'aide du bleu : Pierre-Yves La Mothe-Marlaux. De ce nom, du foulard noué à son cou, de la chevalière luisant à son auriculaire et du blason cousu sur sa poche poitrine, j'ai inféré le côté fin de race de l'individu. Profession : gérant de société. Quel genre de société ? ai-je demandé à tout hasard. Me signifiant d'un geste antéro-postérieur que tout cela était loin, il m'a répondu s'être occupé entre autres choses et dans le temps du Syndicat national des propriétaires de chevaux de course au trot, j'ai fait semblant de comprendre et qu'est-ce qui vous amène ?

C'était encore une histoire de femme disparue, celle-ci se prénommant Roberta : me voyant déjà spécialisé dans ce genre d'affaires, je me suis *in petto* frotté les mains et composé un air entendu. Comme je lui proposais de m'en dire plus, La Mothe-Marlaux m'a suggéré que le mieux était que nous nous rendions chez lui, histoire que je me fasse une idée claire. C'était une occasion de prendre l'air, j'ai accepté, nous sommes sortis dans la rue Erlanger que nous avons remontée, au passage il m'a montré que c'était là, au coin de la rue d'Auteuil, que siège le Syndicat national des propriétaires de chevaux de course au trot. J'ai pris un air intéressé, nous sommes montés dans sa Peugeot, le trajet n'a pas été long.

On n'imagine pas comme il peut y avoir des résidences à ce point chic dans le coin. Chez La Mothe-Marlaux, c'était tout ce qu'il y a de bien : copieuse villa de plain-pied, aérée par des portes-fenêtres qui donnaient sur le parc – je ne dis pas le jardin, je dis le parc. Légèrement pentu, ce parc, où se croisaient des chemins parmi les massifs, les bosquets, les charmilles, pas mal de choses comme ça. Au fond à gauche, rien que l'édicule contenant sans doute du matériel horticole m'aurait amplement tenu lieu de résidence principale et, depuis la terrasse, on disposait d'une majestueuse vue sur la Seine au-delà de quoi gît Neuilly. La

Mothe-Marlaux s'y est attardé en surveillant mes regards, je l'ai senti ravi de me voir bluffé par son patrimoine : comme cela m'agaçait, j'ai proposé qu'on rentre. Vous voulez peut-être voir la chambre de Roberta, m'a-t-il suggéré. C'est ça, ai-je hoché, voyons sa chambre.

Bon, c'était une chambre de dame, je ne vois pas trop comment la décrire autrement. Rien à signaler qu'un grand lit, une penderie bourrée de robes, un canapé à chevets de hauteurs inégales ainsi qu'un secrétaire dont j'ai ouvert les tiroirs : ramas de papiers domestiques que j'ai ignorés, grosse liasse en provenance d'une agence touristique proposant des voyages ultramarins et dont, sait-on jamais, j'ai noté l'adresse. Au Bic rouge, pour économiser le bleu. Et parce que cette variation dans la notation des indices pourrait donner à La Mothe-Marlaux, qui me talonnait, une idée avantageuse de mon professionnalisme.

J'ai enfin remarqué, derrière le canapé, une porte entrouverte et par où, perspicace, j'ai supposé qu'on accédait à une salle de bains. On y accédait en effet. Ce n'était rien non plus qu'une salle de bains comme on en voit tant mais dans laquelle une autre porte, celle-ci fermée, donnait quand je l'ai ouverte sur une buanderie. J'y suis entré, on y voyait peu de choses, l'interrupteur était introuvable et un gros ballon de gymnastique argenté bouchait le vasistas au-dessus d'une machine à laver. J'ai quand même distingué, devant cet appareil ménager, une forme dont je me suis approché, extrayant de ma poche une lampe torche effilée

– j'avais prévu mon coup, c'est le métier qui rentrait – avant de reculer aussitôt. Et ça, ai-je demandé sans me retourner, qu'est-ce que c'est ?

Ça, c'était une personne assise sur une chaise, le torse maintenu par de la ficelle au dossier, la tête emballée dans un pochon de plastique jaune fixé à l'adhésif avec *Protégeons notre environnement !* marqué dessus. Cette personne m'a paru morte, d'abord, malgré mon peu d'expérience en ce domaine, puis de sexe féminin au vu de sa tenue.

J'ai avancé ma main vers le cou de la personne, comme je l'avais vu faire quand ils veulent s'assurer qu'on est mort ou pas. C'est une artère, je suppose, qu'ils cherchent dans ces cas-là, j'ignore quelle artère au juste et de toute façon, faute de formation, je savais que je ne la trouverais pas. Artère ou pas, la peau de la personne était si froide et comme ligneuse que ça m'a eu l'air éloquent. Puis j'ai avisé, posé sur ses genoux, un couteau à manche rouge et sa lame était rouge aussi, mais pas du même ton. J'ai pris le couteau par son manche, je l'ai regardé, je l'ai reposé. D'un coup, je n'ai plus trop su quoi faire et je trouvais ça très embêtant. C'est embêtant, non ? ai-je encore demandé mais, quand je me suis enfin retourné, La Mothe-Marlaux n'était absolument plus du tout là pour me répondre.

Je l'ai cherché dans la salle de bains, en vain, puis quand j'ai voulu chercher plus avant je n'ai pas pu, la porte donnant sur la chambre se trouvant à présent fermée à clef. Je commençais à distinguer le coup fourré, je suis devenu extrêmement fébrile au point de n'arriver plus à penser. C'est quand je me suis vu enfermé seul avec une morte et plein d'empreintes de moi partout dans huit mètres carrés, puis quand j'ai entendu, se rapprochant, le couinement de sirène caractéristique d'un véhicule policier sérigraphié, que j'ai encore mieux estimé la superficie de l'embrouille.

La salle de bains se trouvant dépourvue de fenêtre, je me suis rué dans la buanderie. Je n'ai pas hésité à grimper sur les genoux de Roberta – j'ai entendu le couteau tomber – pour essayer de bouger le ballon de gymnastique et d'accéder au vasistas. Comme, fort coincé, ce ballon résistait, j'ai dû redescendre et ramasser le couteau puis remonter sur Roberta pour le crever avant de le dégager puis d'ouvrir le vasistas par lequel je me suis efforcé de m'extraire et, vu mon format, ce n'a pas été une petite affaire. Je suis tombé de pas bien haut dans le dos de la maison, je me souviens qu'il s'y trouvait un barbecue sous bâche et des pots de fleurs vides sur lit de mâchefer, je me souviens ensuite d'avoir couru mais pas du tout de mon itinéraire, je ne me rappelle pas bien comment j'ai pu rejoindre la rue Erlanger mais je me remémore parfaitement le moment où, rentré chez moi, j'ai décidé de changer de métier.

Une semaine a passé, durant quoi j'ai rongé mon frein. Je me suis violemment senti médiocre de m'être fait prendre dans un guêpier tel un novice, que d'ailleurs j'étais, donc je n'ai pas voulu le rester. J'ai déposé auprès de moi-même le bilan du

C.F.A. et décollé le ruban Dymo, après quoi j'ai remis les fauteuils maternels à leur place et rendu à ma salle d'attente son usage privé.

Au bout de cette semaine, au point où j'en étais, j'ai eu l'idée de retourner voir le psychiatre, cela ne pourrait pas me faire de mal de parler un peu et de sortir du quartier. J'ai décidé d'y aller à pied, négligeant le métro Michel-Ange-Molitor près de la bouche duquel s'érige un kiosque où, comme je jetais un coup d'œil sur les titres, j'ai vu qu'on parlait moins de la catastrophe d'Auteuil : l'enlèvement de la femme politique Tourneur lui avait volé une bonne partie de sa place en une.

J'ai rejoint puis longé la Seine pendant six kilomètres, dans le sens inverse de son cours, sans me presser. Il ne faisait pas chaud mais j'ai pris mon temps pour regarder les péniches à quai dont les ponts s'ornaient de plantes vertes, de meubles de jardin, de vélos cadenassés, les pousseurs de barges chargées de sable, de charbon, de gravier, les bateaux de plaisance et les vedettes privées, les automoteurs à touristes et les chalands battant pavillon belge, les pneumatiques de surveillance de la brigade fluviale sur les boudins desquels, masqués et palmés de noir, patientaient les plongeurs assis face à face, immobiles et voûtés comme des modèles réduits, et je suis arrivé rue du Louvre.

En me dirigeant vers l'institut médical, j'ai évité de lever les yeux vers le trottoir d'en face pour ne pas croiser le regard moqueur et peut-être apitoyé de Duluc détective. À l'accueil, on m'a confirmé que mon médecin était de permanence, on m'a fait attendre un moment puis, quand je suis entré dans son bureau du premier étage, il était en train de parler au téléphone mais il m'a fait signe de m'asseoir. Vous lui direz que c'est urgent, accentuait-il, de la part du docteur Bardot, puis il a raccroché, m'a regardé d'un œil inhabituel en réglant son nœud de cravate, comme toujours assortie à sa pochette et ses chaussettes sur fond de sergé britannique. Eh bien, monsieur Fulmard, m'a-t-il fait sur un ton plus enjoué que d'habitude, alors comment allons-nous ?

Je lui ai sorti toute mon histoire, mon essai de me réinsérer, la fondation puis l'insuccès du Cabinet Fulmard Assistance – sans dire le moindre mot, bien entendu, sur l'épisode La Mothe-Marlaux. Ça m'a paru l'intéresser, même quand je lui ai dit que je laissais tomber, je ne m'attendais pas à cette réaction, donc j'ai développé. C'est normal, cet échec, vu que je débute, ai-je misérablement admis. Mais enfin j'ai quand même appris des choses, ai-je aussi prétendu, ça devrait pouvoir m'aider dans ma recherche d'emploi. Je n'en croyais pas un mot. Il s'est redressé derrière son bureau, il me lorgnait encore de cet air inusuel. Moi-même en cet instant, je regardais mes pieds. J'ai peut-être une idée, a dit Bardot. Je me suis tourné vers lui.

12

C'est ainsi que je suis entré à leur service.

Notez que l'idée qu'il déclarait avoir, Bardot, il ne me l'a pas tout de suite exposée, il ne m'a même pas laissé le temps de réagir : il s'est levé de son bureau, a saisi son imperméable et m'a fait signe de le suivre. On a descendu l'étage de l'institut thérapeutique, gagné son parking à cinq places et il m'a désigné du menton son Audi. On est montés dedans où il a enfilé des gants de conduite, souri à son râtelier dans le rétroviseur intérieur, chaussé des Vuarnet beiges et branché la radio sur RFI – je m'évertuais cependant sur la ceinture de sécurité, sans parvenir à enclencher l'accroche de verrouillage dans le cliquet de réception. On est partis sans qu'il développât toujours rien de son plan. On a roulé vers le sud-ouest de la ville en silence, meublé seulement par RFI qui faisait un bref point sur l'enlèvement de Mme Tourneur – cette affaire, disait-on, piétinait –, Bardot a levé alors un doigt et un sourcil en me jetant un bref coup d'œil sans un mot, pas plus. On est arrivés dans le quinzième, du côté de Boucicaut.

Le psychiatre a garé son auto devant une résidence années 70, au fond d'une allée : voitures de cadres et voiturettes de femmes de cadres avec un peu de verdure autour, stores bannes à rayures fatiguées sur baies vitrées, hall tapissé de marbre en plaques aux jointoiements douteux. Il m'a fait signe que c'était là, je m'attendais à mieux, l'ascenseur était lent.

Au quatrième gauche, Bardot a sonné, un trentenaire blond nous a ouvert, priés de patienter un instant dans l'entrée où gisaient, çà et là, des rouleaux d'affiches et des paquets de tracts ficelés et sur un mur une déclaration électorale, d'apparence historique car encadrée sous verre, avec photo en noir et blanc. En attendant j'ai lu le cartel au-dessous qui précisait en lettres gothiques : Première candidature de Franck Terrail à la députation dans le Territoire de Belfort aux législatives de 1978, sous l'étiquette Mouvement des démocrates. Le blond est revenu nous chercher qui sommes entrés dans une espèce de salon très nu où se tenaient, assis derrière une table, un homme et une femme dont Bardot ne m'a pas indiqué les noms.

C'est moi qu'il leur a présenté, et encore à peine : juste un mouvement de maxillaire vers ma personne, comme s'il présentait une livraison d'objet, ce qui m'a froissé. Prenez une chaise, Gérard, m'a-t-il quand même proposé, il ne m'avait jamais appelé par mon prénom, ç'aurait pu me défroisser mais non. L'homme derrière la table me regardait sans expression ni rien, toujours comme un objet livré, puis il s'est tourné vers la femme en semblant acquiescer. Pas un mot pendant un moment, cela devenait pesant jusqu'à ce que la femme brise la glace en me proposant un café. Comme j'ai murmuré juste un verre d'eau, elle a fait signe au blond qui a disparu, sans doute vers une cuisine. Elle m'a enfin souri, puis : Je suis maître Dorothée Lopez, a-t-elle décliné.

Maître Lopez incarnait ce genre de femmes un peu mûres qu'on doit croiser dans des soirées dont je me fais une idée lointaine et qui, coupe de champagne en main, voix de fumeuse et bas fumés, décolleté abyssal et rouge à lèvres extraterritorial, doivent laisser distraitement glisser une bretelle de leur robe en citant Plekhanov du bout de leur grosse langue rose et, en pareil cas, le mécanisme est immanquable : je dois regarder ailleurs sinon je bande. Quand elle aussi m'a spontanément appelé Gérard, j'ai senti monter une rougeur et avalé de travers le verre de Contrex que le blond, bouteille en main, venait de me transmettre.

Gérard, m'a-t-elle donc dit, je vous présente Cédric Ballester. Le nommé Ballester a hoché. Bien qu'assis, le nommé Ballester semblait d'assez haute taille, physique de mannequin dans la mode, costume et cravate bleu pétrole, cheveux bruns coiffés en paille de fer, il s'est fendu d'un demi-sourire gelé. Nous allons avoir besoin de vous, a poursuivi maître Lopez, notre ami Bardot a dû vous expliquer. Je ne suis pas entré dans le détail, a déclaré

Bardot qui, mains dans le dos, regardait les murs nus comme s'ils ne l'étaient pas. C'est une chose un peu délicate, a-t-elle défini, un petit travail d'observation, Jean-François nous a dit que c'est votre spécialité. Guillaume vous précisera la marche à suivre.

Le blond se prénommait donc Guillaume et moi j'ai faiblement argué que je n'étais pas très qualifié – tout en laissant entendre qu'il fallait voir car ce n'est pas chaque jour que l'on trouve du travail. Maître Lopez a cligné tendrement des yeux et avancé les lèvres en émettant tt tt avec sa grosse langue rose contre ses dents, sans doute pour faire évaporer mes vagues scrupules, puis elle s'est tournée vers le Cédric Ballester et tout le monde s'est mis à parler comme si je n'existais plus.

Cédric Ballester a émis des propos techniques auxquels je n'ai rien compris, les autres ratifiaient aveuglément, puis ils ont tous débattu en même temps. On faisait si souvent référence à un certain Franck – non sans une sorte d'admiration résignée – que j'ai fini par identifier ce Franck comme étant le politicien Terrail dont j'avais vu la vieille affiche électorale dans l'entrée. Maître Lopez se tournait de temps en temps vers moi avec un sourire d'apaisement, sans doute afin de me rassurer sur le maintien de mon existence biologique. Quant à Ballester, j'ai cru saisir à les entendre qu'il était quelque chose comme un fils spirituel de Terrail. On l'approuvait sans cesse et respectueusement. Oui, Cédric. Bien sûr, Cédric. Absolument, Cédric. En attendant, j'étais toujours dans le flou quant à ce qu'on voulait de moi.

Au bout d'un moment, sur un signe de maître Lopez, le blond s'est rapproché de ma personne. Il avait une bonne tête de sous-fifre, commis aux détails d'intendance et chez qui l'on organise ce genre de rencontre, plutôt que chez un des chefs ou au siège du parti. Il s'est présenté : Guillaume Flax. Il m'a présenté un Post-it avec Guillaume Flax écrit dessus suivi d'un numéro de téléphone – au cas où, m'a-t-il sobrement indiqué –, puis il a extrait de sa poche une enveloppe sur laquelle il a collé le Post-it avant de me la tendre.

Cela fait, Bardot m'a pris à part et dit : Bon, Fulmard, je suppose que vous êtes très occupé, on ne va pas vous retenir, hein. Cette fois, ni monsieur ni Gérard, il m'appelait par mon patronyme afin de me foutre gentiment dehors et me laisser rentrer chez moi par le métro. Je n'ai pas demandé mon reste. J'ai vaguement salué puis emprunté l'escalier pour descendre.

Au rez-de-chaussée, deux types attendaient l'ascenseur. Un petit nerveux noiraud escortant un morne massif plus que sexagénaire. J'ai supposé qu'ils rejoignaient les autres au quatrième car, en ce morne massif, j'ai reconnu Franck Terrail pour l'avoir vu parfois à la télévision – moins souvent cependant que son affidé Chanelle – et tout à l'heure plus jeune sur son affiche. Il avait bien changé depuis les élections de Belfort, Terrail. Ses yeux fatigués par-dessus leurs poches, et comme prêts à rentrer s'y coucher, se posaient lentement sur les choses pour s'y coller avant de s'en arracher, puis de changer péniblement de direction avant de s'agripper ailleurs : viscosité d'un regard qui, de toute façon, m'a ignoré. L'ascenseur est arrivé, ils sont entrés dedans, j'ai filé.

Serrés dans la cabine de l'ascenseur, Luigi Pannone jette un dernier coup d'œil d'accessoiriste sur Franck Terrail avant qu'il entre en scène. Observant avec tristesse que, le bas de sa chemise s'étant défait, la cravate de Terrail pendouille sur un triangle nu de ventre hémisphérique velu : Vos boutons, Franck, signale Pannone à voix basse. Puis au quatrième étage, Flax leur ouvre la porte.

Dans l'appartement, tout le monde se lève à leur entrée. Ballester entrouvre un sourire servile, Bardot repose un magazine et Dorothée Lopez remet deux mèches en place pendant que Terrail s'assied en fermant les yeux. Où en sommes-nous ? demande Pannone à sa place. Parce que Franck est un peu inquiet, n'est-ce pas. On a trouvé quelqu'un, déclare Lopez, un patient de Jean-François. Quel genre de quelqu'un ? veut savoir Pannone.

13

Dans le métro qui me ramenait de Boucicaut vers Michel-Ange-Molitor, et plus encore au changement de La Motte-Picquet-Grenelle où se croise toujours pas mal de monde, j'ai tenu serrée l'enveloppe dans ma poche intérieure contre mon sein. Je n'avais pas osé la décacheter tout de suite, m'assurais en la palpant à chaque minute qu'elle n'avait pas bougé, je ne l'ai ouverte qu'une fois rentré rue Erlanger : elle contenait de l'argent et des papiers.

L'argent, d'abord. Je l'ai compté : trois mille euros en billets de cent. Ce total m'a réjoui, sa distribution un peu moins car je ne suis pas familier des grosses coupures. Et comme, faute à présent d'hypermarché, je m'approvisionne dans une supérette de la rue d'Auteuil dont le gérant me suppose à juste titre économiquement faible, j'ai imaginé sa manière soupçonneuse de saisir l'un de ces billets entre index et pouce réticents, de lui jeter un œil incrédule avant de le soumettre à son détecteur.

Les papiers, ensuite, consistaient en fiches

nominatives : identité, adresse, photographie de deux personnes sur lesquelles je devais me livrer, si j'avais bien compris maître Lopez, à un travail d'observation. J'ai lu la première fiche : Mozzigonacci Jean-Loup, ce patronyme ne me disait rien, la photo non plus. Mais la deuxième a fait mon souffle se suspendre, mon cœur battre et mes yeux s'écarquiller sans que j'aie besoin de lire l'autre nom : Tourneur Louise.

Je crois avoir mentionné le goût que j'ai pour cette jeune femme, même si je ne l'avais jamais vue en vrai. J'étais ému, la fiche tremblotait au bout de mes doigts, j'aurais pu différer mon plaisir et m'occuper d'abord de ce Mozzigonacci mais, le meilleur pour la fin n'étant pas ma méthode, j'ai décidé de commencer par Louise Tourneur. Et tout de suite.

Au dos de la fiche, Flax avait dessiné un plan sommaire de son lieu de résidence, apparemment d'un accès malaisé. Une croix désignait ce qui devait être l'entrée de service d'un bloc d'habitations privé, avec au-dessous de cette croix un long code compliqué. J'ai mémorisé le plan, appris le code par cœur et me suis équipé – chaussures souples, anorak multi-poches et jumelles – puis j'ai regagné le métro pour me rendre sur zone, quelque part entre La Muette et Sablons.

Si le trajet, depuis chez moi, n'a pas été long, fastidieuse a été en revanche ma recherche du bloc tant il était bien camouflé mais après en avoir fait trois fois le tour, j'ai fini par trouver son entrée de service et le code était bon.

J'ai tout de suite aperçu deux vigiles en patrouille, ce qui m'a édifié sur le degré de sécurisation des lieux. Quand ils ont disparu, je n'ai pas eu trop de mal à découvrir la villa de Louise Tourneur, c'était bien indiqué sur le plan, j'y ai observé une piscine attenante que bordait un rang d'agaves et je me suis posté derrière l'un d'eux. Cette plante ornementale étant d'à peu près ma taille et ma largeur, l'emplacement me semblait idéal : sans être vu de la villa, je pouvais jouir entre ses feuilles épaisses d'un bon panorama, j'ai commencé d'attendre.

J'ai attendu, c'était très silencieux, très calme : souffle de la pompe de filtration dans le *pool house*, grognement d'un moteur V12 de Lamborghini Aventador dans une allée, criaillements de martinets et de merles, j'ai attendu longtemps.

Si longtemps sans que rien ne se passe que j'ai commencé à douter du bien-fondé de ma présence, à m'ennuyer un peu, pour tuer le temps j'ai examiné de plus près mon agave. Lorsque j'étais encore oisif, les agaves, j'avais lu dans un livre qu'ils servaient à plein de choses aux anciens. On faisait avec leurs pointes des clous, des stylets, des épingles à cheveux, des aiguilles, des cure-dents, avec leurs tiges on fabriquait des flûtes et, en convertissant leurs feuilles en fibres, on se tissait des habits, des cordes ou des hamacs. De l'agave on pouvait également extraire de bons médicaments contre l'arthrite, la constipation, mais aussi d'excellents alcools et d'honnêtes mousses à raser sans parler de leurs hampes, utilisées corrélativement comme rasoirs. Bref, tout était utile dans l'agave qui me servait en plus pour le moment de planque, peut-être inutilement, ç'a été long.

À force d'attendre ainsi plus ou moins accroupi, toute sorte de fourmillements, picotements, engourdissements et autres pénibilités paresthésiques ont commencé de m'envahir mais, au bout de quarante-cinq minutes, j'ai été content de n'avoir pas patienté pour rien. Quand s'est enfin pointée Louise Tourneur en peignoir entrouvert et tennis délacées, un drap de bain jeté sur l'épaule, j'ai saisi mes jumelles. Celles-ci n'étaient pas si récentes ni d'une très haute définition, mais assez pour me laisser voir les marques Balenciaga sur les tennis, Gucci sur le peignoir ainsi que des choses bien plus intéressantes une fois celui-ci tombé.

Louise Tourneur, je ne comprends pas ceux qui critiquent certaines particularités de son anatomie, soi-disant son menton, son strabisme et ses pieds. Ce sont au contraire ces détails qui m'attirent encore plus : sa mâchoire volontaire, la légère indécision de son regard qui le rend énigmatique et brumeux, ces extrémités supérieures à la moyenne que j'ai pu vérifier quand elle a ôté ses tennis.

Au lieu de plonger directement comme je m'y attendais, elle est descendue par l'échelle, sa pointure 42 suivie de ses chevilles, ses jambes, ses cuisses mais avec réticence, paraissant affronter une eau plus froide que prévu. Puis en immergeant brusquement sa taille, Louise Tourneur a poussé un bref soupir craintif, surpris, ravi, comme saisie par un membre inattendu plutôt que par une piscine – ce qui m'a encore plus troublé que ne l'avait fait maître Lopez le matin même –, avant de se lancer dans une longueur de crawl parfait. J'ai braqué mes jumelles sur ses cent vingt allées et venues, ç'a été encore long mais beaucoup mieux qu'avant.

Quand elle est sortie de l'eau, j'ai braqué de plus belle en la regardant s'envelopper dans son drap. C'est alors qu'un jeune homme à peau jaune a surgi, s'approchant en courant du bassin et porteur d'une tablette électronique qu'il lui a tendue. Louise Tourneur a saisi l'appareil, a regardé l'écran, ça devait être grave et ça s'est passé vite : j'ai vu son visage se défaire et pâlir, elle a tenté de parler mais a dû se trouver mal car, perdant soudain son équilibre, elle est retombée dans l'eau où elle s'est mise à faire des mouvements incohérents comme si, d'un coup, elle ne savait plus nager.

Le jeune homme jaune a tout de suite plongé à son secours mais il a mal dû s'y prendre et cela s'est mis à bouillonner dans la piscine : d'où j'étais, je voyais des bras et jambes qui s'emmêlaient sans résultat. À force de gigoter en s'empoignant sans méthode, rien ne s'arrangeait, j'ai vu le moment où ces deux-là s'en allaient se noyer mutuellement et je ne sais pas ce qui m'a pris : oubliant toute prudence, je me suis précipité sans retenue vers le bassin pour tenter de les aider, mais alors ça ne s'est pas du tout bien passé.

J'ai dû moi aussi très mal m'y prendre, en tout cas je n'ai pas bien choisi mon angle. Une caractéristique de l'agave que j'avais omise est son agressivité, vu ses feuilles épineuses et tranchantes s'achevant en pointes acérées. Or je me suis empêtré dans elles, diversement écorché à leur contact et suis tombé de tout mon volume, attirant aussitôt l'attention d'un deuxième jeune homme que je n'avais pas vu, tout aussi jaune de peau mais quant à lui flanqué d'un schnauzer noir géant, et qui s'est rué sur moi en exhortant cet animal. Tenu en laisse à grand-peine, celui-ci se dressait sur ses postérieurs, sans me quitter de ses yeux injectés contre les miens, gueule ouverte et bavant et grondant sourdement pendant que le jeune homme jaune me hurlait de ne pas bouger. Ça va, lui ai-je dit, ça va, c'est bon. Retenez votre chien.

14

On dirait qu'elle dort, murmure Terrail, non ?

Luigi Pannone presse la touche *pause* de sa tablette et, sur l'écran, Nicole Tourneur semble en effet dormir profondément sauf qu'elle est morte. Vêtue comme il arrive qu'on accoutre n'importe comment les otages – haut de survêtement où se déchiffre le blason du FC Bayern Munich et pantalon de jogging dépareillé –, elle est cadrée à mi-cuisse en plan américain, allongée sur une espèce de châlit en plastique ou en métal ou en bois peint, on ne voit pas bien, derrière elle se dresse un mur beige et c'est tout.

Pannone presse la touche *start* mais cela ne change rien puisque Nicole Tourneur est immobile, il monte au maximum le volume du son mais ce n'est qu'un fantôme de son, le micro d'ambiance n'a pas été coupé : quelque chose comme un bruit se perçoit mais ce n'est qu'un chuchotement continu, gris, feutré, pure haleine mécanique et sans relief. On a filmé sans commentaire ce corps sans vie, on a pensé que ça suffirait car on n'y a joint aucun manifeste, pas de revendication, zéro communiqué.

Ce sont des malades qui ont fait ça, juge Terrail. Je dirais plutôt des amateurs, nuance Pannone, j'aurais enlevé l'écusson du Bayern à leur place. Sur un carnet tiré de sa poche, il note pour mémoire quelques données. Cette vidéo de douze secondes est arrivée sans commentaires par voie cybernétique au domicile de Franck Terrail – ainsi que chez sa belle-fille Louise Tourneur – à 16 h 24, il est maintenant 17 h 06, Pannone inscrit tout cela pendant que Terrail se lève et va se poster devant le paysage, depuis les hauteurs de sa tour.

À ses pieds, au premier plan, verticalement délimité par le ruban gris fer du pont de Bir-Hakeim et celui bistre et blanc du pont de Grenelle, horizontalement par les cordons de quais liserés d'immeubles beiges à moulures et corniches, constructions galonnées de feuillus roussâtres, le foulard brun de la Seine s'écoule immobilement, divisé en deux pans que passemente le fil gris de l'île aux Cygnes, là-dessus la tour Nelson et ses voisines couchent de longs rectangles d'ombre.

Au-delà de ce cadre, la perspective urbaine a l'air d'un grand lit plus ou moins fait sur lequel s'accumule un fouillis d'étoffes diverses, châles de pierre et plaids en béton, écharpes d'étages et froncis de balcons, jetés de terrasses sur camaïeu froissé de draps clairs, patchwork de couvertures pâles à carreaux de zinc, de plomb, d'ardoise – et plus loin encore, au bord de l'horizon, la ville prend un tour portuaire sur une mer floue de banlieues étales, bornée par le donjon de l'hôtel Hyatt Regency qui lui tiendrait lieu de phare.

C'est pas mal mais Franck Terrail ne voit rien, son regard tourne à vide, c'est à peine s'il entend la voix de Pannone, derrière lui, s'élever avec précaution. Tu as parlé ? demande Terrail en se retournant avec un temps de retard. Oui, dit Pannone, je ne voudrais pas être brutal mais il y a deux choses à considérer. Bon, dit Terrail, vas-y.

La première, s'avance Pannone, c'est que ça change tout. Vous n'avez plus de reproche à vous faire, je veux dire à propos de la petite Louise. Non mais, Luigi, réagit Terrail, tu te rends compte de ce que tu dis ? Parfaitement, scande Pannone. Nicole est morte, c'est terrible mais elle est morte et il faut voir les choses en face. Votre sentiment devient ordinaire. Silence. Bon, articule sobrement Terrail, et la deuxième ? Mais alors on sonne à la porte, Pannone va ouvrir, Dorothée Lopez paraît.

Lopez s'est changée depuis la dernière fois. Les circonstances tragiques et leurs probables conséquences pugnaces lui ont fait adopter une tenue mi-deuil mi-baroud : tailleur anthracite strict mais orné d'un carré à motif camouflage, bottes Doc Martens à brides et surpiqûres sur coussin d'air. Elle tire de son sac un smartphone qu'elle brandit sous les yeux de Franck Terrail. Ah, soupire Terrail, vous avez reçu la vidéo, vous aussi ? Vous plaisantez, Franck, suppose Lopez, tout le monde l'a reçue. Ils sont en train de se la repasser en boucle sur toutes les chaînes, les réseaux sociaux, tout ça. Ah, souffle Terrail.

Reprenons, coupe Luigi Pannone, sur la deuxième chose. C'était quoi, la première ? demande Lopez mais on ne lui répond pas. Je veux parler de la succession, enchaîne Pannone. La secrétaire nationale nous a quittés, c'est malheureux mais c'est comme ça. Ce qu'il y a maintenant, c'est qu'il va vite falloir la remplacer.

Dès lors, le débat sur la succession est ouvert. Des noms sont invoqués : Chanelle, Delahouère, Ballester et jusqu'à Franck Terrail lui-même – non, dit Terrail, je suis trop vieux. Trop fatigué. Des arguments s'affrontent, le spectre de Mozzigonacci flotte un instant dans l'air – il faut toujours compter avec Mozzigonacci –, des antipathies cachées se font jour, des ralliements sont envisagés, toute sorte de propositions s'enchaînent, on n'avance pas.

On avance mieux lorsque Pannone expose qu'en ce moment de crise, mieux vaudrait une femme pour assurer le secrétariat général, quitte à reconsidérer les choses plus tard. Dorothée Lopez se met à rougir en se dandinant mais non, la déçoit aussitôt Pannone, franchement je ne vois que Louise pour assurer la transition. Une mère remplacée par sa fille, insiste-t-il, ce serait parfait, ça me paraît clair. Louise n'acceptera pas, objecte Terrail. Succéder à Nicole, elle ne voudra jamais. Puis elle manque d'expérience. Elle commencera par ne vouloir jamais, ricane Pannone, ensuite vous savez comme elles sont, vous savez comme ils sont d'une manière générale. Et puis l'expérience, on est là pour ça. Sans oublier, Franck, cligne-t-il, que ça peut être bon pour vous. Silence. Vous voulez dire quoi, Luigi ? demande Lopez. Rien, dit Pannone.

On débat encore un moment, plus mollement, on finit par s'entendre sur la solution Louise. Dans ce cas, Franck, conclut Pannone, il faut que vous lui parliez. Il faut la convaincre et c'est vous la voix décisionnelle. L'autorité morale du parti, je ne vois personne d'autre. Bon, souffle encore Terrail. Nouveau silence. Je crois que je vais vous laisser, déclare Dorothée Lopez en se levant, j'ai à faire au Palais. Dorothée, l'interpelle Pannone, pas un mot de tout ça à qui que ce soit, n'est-ce pas, c'est entendu ? Voyons, sourit Lopez, bien sûr.

15

Dorothée Lopez emprunte l'ascenseur : trop vaste pour elle seule, trop de miroirs pour son amour-propre et surtout beaucoup trop rapide, cet ascenseur, au point que pendant la descente elle ressent comme un mouvement interne remontant en sens inverse dans ses organes, une onde verticale floue qui la parcourt du pubis au larynx : pas terrible. Sortie de la tour Nelson et levant machinalement les yeux, le sommet du haut bâtiment chapeauté de nuages lui fait éprouver cette fois un violent vertige en contre-plongée. Vraiment pas terrible non plus, et Dorothée Lopez s'en veut de ces malaises dont elle ne fait jamais part à personne, qu'on ne soupçonnerait pas chez quelqu'un d'apparence à ce point sûr de soi, autoritaire et sans scrupules. Mais pas du tout : Lopez est bien plus émotive qu'elle n'en a l'air, plus fragile, plus rêveuse, elle envie ces nuages de ne pas être sensibles au vertige, quoique après tout qu'est-ce que j'en sais.

Elle fait signe à un taxi de passage, monte dedans,

n'indique nullement l'adresse du Palais de justice mais celle d'un golf à Rueil-Malmaison, le chauffeur démarre. Or depuis le Front de Seine jusqu'à Rueil-Malmaison, c'est un trajet un peu morne et longuet, un paysage répétitif pas très intéressant : peu de choses à voir qui n'aient été cent fois dépeintes, rien à espérer de ce côté-là. Profitons-en plutôt, nous avons un peu de temps, pour esquisser une vie brève de Dorothée Lopez.

Enfant unique du professeur Patrick Lopez – gastroentérologue à Sèvres, clientèle à boyaux fortunés, doyen de l'Académie de médecine, lauréat du prix Shanti Swarup Bhatnagar – et de Geneviève Lopez née du Gavial – présidente de la Fédération des comités familiaux œcuméniques –, la jeune Dorothée s'est précocement fait remarquer par une vive indépendance de pensée. Mettant le plus tôt possible un terme à ses études, après six semaines d'École du Louvre en auditrice libre elle a choisi de s'orienter vers une carrière de star, destin qui cependant ne se décide pas comme ça. Figurant d'abord dans quelques spots publicitaires – Moulinex, Ultrabrite, Lactel –, elle a déniché diverses panouilles dans le milieu cinématographique rose avant d'obtenir un vrai rôle, enfin, dans un téléfilm normal, sa part de dialogues étant hélas réduite après montage à ces mots : « Ah bon ? Deux mois ? »

Son engagement artistique semble s'être ensuite effrangé, cédant la place à une consommation accélérée d'hommes plus ou moins jeunes, tous dotés d'une très brève espérance de lit en attendant de trouver mieux, ce mieux étant un amant à péremption plus tardive qu'elle suivra aux îles Baléares. On en sait peu sur ce moment de sa vie, interrompu par le retour précipité de Dorothée Lopez vers la France, plus précisément vers un office notarial de Marnes-la-Coquette après la mort accidentelle de Patrick et Geneviève Lopez dans l'explosion en vol d'un Fokker F100 Bruxelles-Oslo.

Jeunesse dissipée, donc, au point de justifier l'existence d'un document découvert en vidant le bureau de son père quelques jours après le crash et qui consiste, au fond d'un tiroir, en un bristol portant le prénom Dorothée suivi de la mention *Ne pas oublier de la déshériter.* Cent fois reniée par sa famille, l'inobservance de ce mémento atteste qu'elle a été cent fois absoute, à moins que le professeur Lopez ait été pris de court pour concrétiser ce projet. Quoi qu'il en soit, légataire unique des bénéfices intestinaux mondains, Dorothée Lopez se retrouve riche.

Elle pourrait décider dès lors de ne rien faire et dormir sur son or mais elle est active et, redoutant l'ennui, s'inscrit bravement en faculté de droit. Ça ne durera pas, juste le temps d'acquérir assez de notions pour se dire avocate alors qu'elle passe sa vie, surtout, à sortir dans le monde, parvenant à y séduire un beau soir Franck Terrail. Ça ne durera pas non plus, Terrail oubliera vite cette aventure en rencontrant Nicole Tourneur mais, continuant d'user de ses charmes, maître Lopez va se débrouiller pour dégoter une place de consultante image dans l'organigramme de la FPI. Elle devient ainsi l'une des proches du couple Terrail-Tourneur mais aussi de leur entourage, dont plusieurs jeunes espoirs du parti rongeant leur frein. Lopez couche avec l'un ou l'autre à l'occasion, sait-on jamais, nous en sommes là.

Fin provisoire de cette vie brève qui nous aura pris une demi-heure en ménageant des pauses, soit le temps nécessaire à parcourir les dix-huit kilomètres séparant la tour Nelson du golf de Rueil-Malmaison, à l'entrée duquel le taxi dépose Dorothée Lopez.

Mais elle n'est pas venue aujourd'hui pour s'adonner à ce sport bien qu'elle ait commencé de le pratiquer après son retour des îles, dès qu'elle en a eu les moyens. Contournant l'allée qui mène à l'aire de départ, elle se dirige d'un pas martial vers le *club house* devant quoi stationnent des voiturettes. Elle y entre : fauteuils profonds et canapés capitonnés, bar à sièges pivotants, baie vitrée donnant sur un green tondu ras, vaste cheminée surmontée par une panoplie de fers, de putters, de bois. Non loin de la cheminée, affalés autour d'une table basse, Dorothée Lopez aperçoit puis rejoint Cédric Ballester et Guillaume Flax, chacun son iPad sur ses genoux, chacun en tenue de golf, Ballester en polo Altman rouge barré de noir à col blanc, pantalon Aldrich mauve et pull Rosi bleu pâle jeté sur ses épaules, Flax entièrement en Decathlon.

Chanelle n'est pas là ? demande Lopez. Il va passer dans un moment, indique Flax, on l'attend. Je l'ai eu tout à l'heure au téléphone, dit Ballester, il m'avait l'air de frétiller, il doit penser que son heure est venue. Il va donc falloir le décourager tout en lui laissant de l'espoir, pense Lopez à voix haute. Ce sera délicat. Vous voulez dire quoi, Dorothée ? s'inquiète Ballester, Franck a pris une décision ? Je vais tout vous raconter, annonce Lopez.

16

Une autre vie brève est celle du jeune Moshé Brand, totalement mutique jusqu'à l'âge de cinq ans, au point d'être jugé mentalement irrécupérable par sa famille et les autorités médicales consultées. Pas moyen de lui tirer un mot avant ce jour où, soudain, il se met à chanter, à chanter sans cesse en témoignant d'une puissance vocale, d'une justesse, d'une chaleur et d'un ambitus tels qu'ils plongent tout le kibboutz dans la stupéfaction. Pendant les dix-sept années qui suivent, il chante avec acharnement. Âgé de vingt-deux ans, et n'ayant pas la moindre intention de se taire, il quitte Israël pour Paris où, n'entendant que l'hébreu, il signe des contrats abusifs sans les lire et ne peut interpréter que phonétiquement son premier tube, *Laisse-moi t'aimer* : immédiat et gigantesque succès.

C'est désormais sous le nom de Mike Brant, vêtu de vestes en velours versicolore cintrées et de chemises en satin à jabot qu'il enchaîne alors tournée sur tournée, gala sur gala, Olympia sur Olympia. Les choses marchent de plus en plus fort pour lui qui pulvérise le hit-parade, acclamé par des masses de supporteurs, bataillons de fanatiques et mégatonnes de filles folles de lui, hurlant en le bombardant chaque soir de leurs bijoux : colliers, chaînes, bagues et bracelets s'accumulent à ses pieds dès qu'il ouvre la bouche, jusqu'à tapisser d'or les scènes en fin de concert.

Ça dure six ans. C'est allé trop vite et c'est épuisant. Toutes ces femmes le déçoivent, ses producteurs l'escroquent, le show-business jaloux médit de lui, les antidépresseurs le font grossir et discréditent ses érections, bientôt il n'en peut plus jusqu'à ce qu'il prenne le parti, âgé de vingt-huit ans, de se jeter le 25 avril 1975 à 11 h 15 d'un balcon au sixième étage du n° 6 de la rue Erlanger, soit à quelques immeubles d'où je vis aujourd'hui.

D'où je vis et d'où, ce vendredi-là, ma mère venait de sortir pour aller faire ses courses au marché d'Auteuil, peu s'en était fallu que Mike Brant chût sur elle. Il s'était écrasé pratiquement à ses pieds, elle avait dû le contourner suivie de son Caddie puis les pompiers s'étaient pointés. Sans doute n'avait-elle pas souhaité se pencher sur le corps, sûrement ne l'aurait-elle pas reconnu même si, comptant au nombre de ses fidèles, longtemps après la mort de Mike elle fredonnait souvent dans la cuisine le refrain *Qui saura, qui saura, qui saura, qui saura me faire oublier, dites-moi.* Ce suicide avait fait, m'a-t-on dit, comme dans la France entière, toute une affaire dans le quartier mais je n'étais pas encore assez né pour en avoir gardé le souvenir.

Où je vis, aujourd'hui ça ne ressemblait à rien depuis qu'ayant renoncé à l'auto-entreprise, je m'étais résigné à rétablir l'arrangement initial de mon logement : plus besoin de salle d'attente ni de bureau ni de rien. Reconstituant cet ordre ancien, je souhaitais du même pas améliorer un peu mon habitat mais j'hésitais sans cesse sur mes initiatives d'embellissement, changeant les choses de place pour les y remettre aussitôt, en éliminant certaines pour tout de suite leur trouver un nouvel usage, et dans ces conditions mes deux pièces et demie ne savaient plus très bien à quoi s'en tenir ni à qui se fier. Disons que ç'a été une période de transition.

Vu les blessures consécutives à mon contact avec les agaves puis avec les gorilles asiatiques de Louise Tourneur, mon corps était lui-même dans une période de transition. Elles n'étaient pas visibles sous mes vêtements, ces lésions, mais j'avais quand même une épaule démise et certaines côtes contuses. Cela dit, je ne m'en étais pas si mal sorti avec les deux hommes jaunes qui, après m'avoir bousculé – assez sévèrement, de fait – puis jugé négligeable, m'avaient laissé partir sans trop de formalités. Quant à la demoiselle Tourneur, je ne pense pas qu'elle m'ait vu.

Considérant les événements récents, j'ai dressé un bilan et deux conclusions s'imposaient. La première : chaque fois que j'avais cru tenir une affaire, elle avait tourné très vite court. La seconde : j'avais eu finalement de la chance, ç'aurait pu être pire mais au moins j'aurais essayé. Et me retrouvant au point de départ, me suis-je dit, peut-être pourrais-je aller prendre conseil auprès de Bardot. Même s'il avait été mon dernier commanditaire et si j'avais échoué dans l'exécution de ses consignes, il me tenait avant tout lieu de thérapeute : en tant que tel, je voulais croire qu'il ne m'en tiendrait pas rigueur. Ma décision étant prise d'aller le consulter, j'ai choisi celle de me changer pour lui apparaître sous un meilleur jour. Je m'y suis donc mis mais en me dévêtant j'ai observé que l'une de mes chaussettes, la gauche, était trouée autour du gros orteil.

Or que faire en pareille conjoncture ? Eh bien dans ce cas, plusieurs options et sous-options se présentent. On peut jeter les deux chaussettes et se priver ainsi de celle qui n'est pas trouée, ce qui est dommage. On peut aussi ne jeter que la trouée – ou la recycler comme chiffon – et conserver l'intacte en vue d'un réassortiment. Il s'agira d'attendre alors qu'une autre chaussette se troue dans une autre paire, de récupérer l'intacte et, par l'adjonction de l'intacte ancienne, reconstituer une paire en état de marche. C'est plus économique mais ce n'est pas moins aléatoire : cela suppose que l'état d'usure des deux chaussettes intactes soit analogue et qu'en même temps celles-ci soient de même longueur, couleur et matière – coton, laine, fil d'Écosse, soie, cachemire ou lin –, cela dit en toute hypothèse car pour ma part je me cantonne été comme hiver à la viscose.

J'en étais encore là de mes analyses quand on a déplaisamment cogné à ma porte. J'ai sursauté puis accéléré le mouvement, renfilé à toute allure mes vêtements à l'idée que ce pouvait être un nouveau client, qu'avec lui tout allait s'arranger, qu'il pourrait enfin s'agir là de la chance de ma vie, que je me changerais plus tard et je ne sentais plus mon épaule ni mes côtes et j'ai couru vers la porte et je l'ai ouverte.

Mais je l'ai reconnu tout de suite, le visiteur : Lucien D'Ortho. Fils de mon propriétaire défunt Robert D'Ortho, récente victime de la technologie soviétique. Expression austère, ce Lucien D'Ortho, visage fermé, pas un sourire, toujours en tenue de deuil depuis la catastrophe à moins qu'il ne s'habille en permanence comme ça. S'il ressemblait pas mal à son père, il ressemblait surtout à quelqu'un qui vient réclamer un loyer. Mes côtes et mon épaule se sont tout de suite rappelées à moi.

17

Dans la matinée du 16, les faits suivants se déroulent encore une fois du côté de la piscine de Louise Tourneur. Non loin du bassin, sur leur *goban*, les frères Nguyen étudient à présent la rencontre désignée comme *Partie qui fit cracher le sang* et qui a opposé Hon'inbō Jōwa à Akaboshi Intetsu du 13 au 21 août 1835, Akaboshi ayant les noirs.

Le ciel est nuageux, l'air est frais mais pas suffisamment – pas plus que ne doit être assez bouleversante la mort annoncée de sa mère – pour empêcher Louise Tourneur d'effectuer ses longueurs quotidiennes, cette fois protégée par un maillot de bain. Il n'est pas exclu que la couleur noire de ce maillot élégamment asymétrique dénote un deuil discret, on peut le supposer. On peut aussi mieux détailler le recto de sa personne car elle s'exprime exclusivement, ce matin, en dos crawlé.

Louise Tourneur nage vraiment très bien, sans zigzaguer ni se balancer gauchement ni procéder en force, travers classiques lorsqu'on s'aventure dans ce style, sans plier les jambes ni trop immerger ses épaules. Elle sait orienter ses surfaces motrices et ses appuis, ses bras la tractent latéralement sans aller se perdre en profondeur, ses mains s'extraient de l'eau par le pouce comme il convient pour y replonger par l'auriculaire. Ses voies aériennes sont dégagées, ses yeux fixent le ciel couvert et sa tête, gouvernail de son corps, demeure parfaitement immobile. Elle a eu de toute évidence un excellent professeur.

Or voici qu'échappant une fois de plus à l'attention des frères Nguyen, décidément distraits, un homme vient d'apparaître dans le secteur. Ce n'est plus Guillaume Flax ni Gérard Fulmard comme les autres fois, il s'agit de Cédric Ballester qui a remplacé son costume pétrole par un ensemble en flanelle de coton beige sur une chemise fil-à-fil rosâtre, ce n'est pas si mal mais pas encore tout à fait ça, on sent un peu trop qu'il veut plaire. Comme il parvient au bord de la piscine, Louise l'ayant reconnu s'arrête en bout de bassin, passe une main sur ses yeux qu'elle relève sur lui. C'est moi, signale niaisement Ballester, pardon si je dérange mais ce serait bien qu'on se parle.

Sortie de l'eau, la jeune femme secoue sa chevelure qui émet un spray de gouttelettes multidirectionnel, puis elle s'enveloppe dans son peignoir pour entendre Ballester lui annoncer qu'il faut qu'on se parle. Se parler, pourquoi pas. Mais, se connaissant peu, que vont-ils donc se dire ? Les sujets, bien sûr, ne manquent pas : la crise au sein de la FPI, la réticence de Louise à s'y retrouver promue, l'espoir de Ballester à y monter en grade, les divers états d'âme de Franck ou l'éternel dossier Mozzigonacci, il y a certainement de quoi faire mais voici que, gêne ou timidité subites, Ballester ne paraît pas se décider à parler. Venu traiter d'un ton déterminé de ces affaires, le jeune homme a bien l'air de ne plus trouver ses mots.

Faute de ceux-ci, ou pour faciliter leur venue, Cédric Ballester s'éclaircit bruyamment la gorge, attirant l'attention des Nguyen qui font mine de se lever pour intervenir. Louise ayant freiné leur élan du bout des doigts, les frères se rassoient mais sous un parasol car d'autres gouttelettes viennent de paraître, plus denses et provenant à présent des cieux. Je vous écoute, encourage Louise, quoique d'une voix guère mieux assurée qui ajoute à la confusion de Ballester. Et pour dramatiser la scène, soudain la lumière change et vire à toute allure vers un gris de plus en plus sombre, du perle vers l'anthracite via le fer pendant que les gouttes se multiplient, s'alourdissent, de plus en plus denses et compactes, la surface du bassin commence de se moucheter accelerando, bientôt on ne va même plus pouvoir s'entendre.

Il aura fallu, sous cette pluie devenue battante, que Louise essaie vainement d'allumer une cigarette pour s'apercevoir qu'on serait mieux à l'abri. Se retournant et longeant la piscine dont le contenu frôle maintenant l'ébullition, elle se dirige vers la villa, suivie par Ballester sous ce qui est en train de virer à l'orage et, une fois entrés dans le hall, les choses vont assez vite. Au lieu de passer dans un salon comme Cédric Ballester l'aurait imaginé, Louise Tourneur gravit fermement l'escalier, se retournant à peine pour vérifier qu'il la suit. La porte de sa chambre est ouverte à l'étage et, sitôt qu'ils sont entrés, Louise la referme sur eux : regards, sourires, étreinte, etc., le processus s'enclenche à toute allure. Se défaire du peignoir et du maillot de deuil est ensuite une opération simple, Ballester s'attarde plus longuement sur sa flanelle et sur son fil-à-fil, sans doute est-il ému, ses doigts dérapent sur les boutons, la ceinture, les lacets, mais tout finit par aboutir.

Les Nguyen, cependant, fignolent leur reconstitution de l'affrontement entre Akaboshi et Hon'inbō. Nombre d'éclairs et de coups de tonnerre, qui maintenant se succèdent en rafales, troublent d'autant moins leur concentration que le déplacement d'une pièce par Ermosthène, jusqu'ici en mauvaise posture, vient d'inverser spectaculairement le rapport de force : Apollodore conteste, Ermosthène maintient. S'ensuit un long débat contradictoire où sont invoqués divers coups spécifiques à ce jeu tels que le dos de tortue, l'œil d'éléphant, la glissade du singe et ça n'en finirait plus si le téléphone, dans le hall, ne venait de se mettre à sonner, à peine distinct dans la tourmente. Laissant bouder Apollodore, Ermosthène va décrocher d'un pas vainqueur.

Résidence Tourneur, annonce-t-il. Oui, madame Lopez, bonjour. Je n'arrive pas à joindre Louise sur son portable, s'exclame au loin Dorothée Lopez, j'appelle sur le fixe pour prévenir d'une urgence. Je comprends, dit Ermosthène. Il faut la prévenir très vite, Apollodore, comprenez-vous. Je comprends mais je suis Ermosthène, madame Lopez, rectifie Ermosthène. Oui, Ermosthène, s'énerve Lopez, il faut lui dire que Franck, voyez-vous, son beau-père (Je sais, je sais, dit Ermosthène), Franck vient de partir pour se rendre chez elle et je m'inquiète, il est très agité, il n'est pas dans son état normal. Dites à Louise qu'elle se prépare à le recevoir, c'est réellement urgent. Je m'en occupe, assure Ermosthène.

Il raccroche et s'en va nonchalamment – car habitué aux vaines exaltations de Lopez – prévenir son frère plus apte à ce genre de mission. Apollodore monte tout aussi mollement l'escalier – car affligé par sa défaite –, longe le couloir jusqu'à la chambre de Louise, frappe à la porte avec douceur et plusieurs fois, de plus en plus fort sans résultat jusqu'à ce que la voix de Louise, sur un ton ralenti, demande ce que c'est. Madame Lopez vient d'appeler, madame, crie Apollodore à travers la porte, il y a monsieur Franck qui est sur le point d'arriver, madame Lopez demande qu'on vous prévienne. Il va arriver, là, monsieur Franck, il arrive.

18

Dans l'après-midi du 16, je me suis donc rendu chez Bardot. Je n'y allais pas seulement pour qu'il s'occupe de mon état mental mais aussi, vu mes hématomes, de mon corps. J'espérais qu'il serait aussi question de mes finances, l'essentiel de l'argent remis par le jeune Flax étant parti nourrir le fils D'Ortho, et de mon avenir dans les rangs de la FPI après l'échec de ma mission chez Louise Tourneur. Cela faisait pas mal de choses, une mise à jour générale me semblait s'imposer.

Dans la salle d'attente de mon centre de soins, rue du Louvre, j'ai parcouru quelques journaux. Si l'on n'évoquait plus qu'à peine le sort tragique de Nicole Tourneur, l'émotion causée par la catastrophe d'Auteuil semblait quant à elle éteinte. Après que la secrétaire a sonorement prononcé mon nom, Bardot n'a pas levé les yeux quand je suis entré dans son bureau. Vêtu ce jour-là d'un costume vert foncé qu'égayait une pochette jaune pâle, il manipulait très lentement des papiers sous chemises à couleurs pastel. Je me suis assis, j'ai patienté, Bardot n'a pas cessé de tripoter ses dossiers comme si je n'étais pas là. Pour passer le temps, j'ai regardé la décoration des murs, trônait sur une étagère une statuette d'un genre vaguement aztèque, telle qu'on doit en trouver dans les boutiques *freetax* d'aéroports sud-américains, avec deux affiches abstraites émanant de musées allemands.

Comme le silence durait, devenant pesant, j'ai fini par prendre la parole. Bardot n'a pas réagi le moins du monde après que, m'étant éclairci la gorge, j'ai résumé ma visite chez Mlle Tourneur. J'ai reconnu mes maladresses, plaidé l'inexpérience et présenté mes excuses pour ce fiasco. Bardot ne levant toujours pas un œil de ses papiers, je suis passé à mon état physique en évoquant mes côtes et mon épaule endommagées, à mi-voix. J'imaginais solliciter ainsi un peu de son attention, un diagnostic voire une prescription. Même si sa branche n'était pas le corps mais l'âme, il avait bien dû étudier la médecine, savoir un peu ce qu'est l'anatomie mais non, toujours rien.

Je commençais à l'avoir un peu mauvaise quand il a enfin rangé ses dossiers, s'est levé puis dirigé vers la fenêtre, s'attardant à regarder je ne sais quoi de l'extérieur, dos tourné sans un mot. Je me suis tu, puis j'allais prendre le parti de m'en aller quand il s'est retourné : Dites-moi, Fulmard, a-t-il lâché, il faudrait peut-être voir à rembourser vos honoraires avant de partir.

J'ai acquiescé tout en déglutissant. Comme il me considérait enfin, j'ai vu dans son regard du mépris, presque de la répugnance et cela m'a choqué. Qu'on me reproche d'avoir échoué, c'était normal et je m'y attendais, mais qu'on s'y prenne avec cet air de me tenir pour rien, je me suis senti humilié, je ne l'ai pas supporté.

Je ne sais pas ce qui m'a pris, je me suis dressé d'un coup, j'ai contourné le bureau et empoigné Bardot par n'importe où, je n'ai pas pris le temps de choisir, c'est tombé sur la poche poitrine de son veston d'où son petit truc jaune pâle a voltigé. Voyons, Fulmard, a-t-il entrepris de glapir, tenez-vous, bon Dieu, mais en pure perte car alors j'ai commencé à le frapper. Sans méthode, certes, mais avec entrain. Ce n'est pas dans mes habitudes et j'étais loin d'avoir la tâche facile car, tout en le battant, j'avais conscience que ce serait contre-productif, que j'aurais toujours le mauvais rôle quoi qu'il advienne sans compter que cet exercice, vu l'état de mon épaule et de mes côtes, m'était presque aussi douloureux qu'à lui mais tant pis, j'ai cogné.

Or s'est alors produit un phénomène inattendu : au bout de trois ou quatre coups – à l'abdomen, aux maxillaires, aux testicules, je ne sais plus trop –, il m'a semblé que cette pratique ne lui déplaisait pas. Cessant de résister, sans se défendre ni même tenter de se protéger, Bardot s'est mis à présenter spontanément et de bon gré toute sa surface physique à ma force de frappe. Comme ç'avait l'air absurde à première vue, j'ai dû le percuter encore deux ou trois fois pour vérifier et en effet, à l'évidence, ça lui plaisait. Comme je n'avais pas non plus envie de lui plaire, j'ai arrêté.

Mais ayant en quelque sorte pris la main, j'en ai

profité plus que ce que j'aurais cru et, renversant les rôles à fond, je lui ai grossièrement demandé de l'argent. Je commençais à me faire à cette posture de brute, j'y prenais goût, m'en étonnais moi-même au point de ne plus me reconnaître – et lui aussi avait l'air presque heureux de sa transformation, et comme moi étonné par elle : il a ouvert un tiroir de son bureau, j'ai constaté combien ce tiroir était plein. Bardot paraissant me livrer cette plénitude, je me suis abondamment servi. J'allais refermer le tiroir quand il a freiné mon geste et suggéré d'en prendre plus, j'ai hésité, il insistait, allez-y donc, ça me fait plaisir, je ne voulais pas non plus trop le chagriner, j'y suis allé.

Ensuite on s'est rassis, Bardot m'a paru beaucoup plus détendu. C'était à moi de trembloter comme si je venais de fournir un gros effort ou si j'avais peur de moi-même, la violence n'étant pas dans ma complexion. Mais somme toute je n'avais pas mal fait car il s'est mis à me parler posément, avec mesure ainsi que l'on procède entre personnes de bonne compagnie. Il m'a même proposé de boire quelque chose, est allé chercher une bouteille et deux verres et j'ai tenu à faire le service, m'occupant de lui d'abord et très soigneusement, de manière fort stylée, cela m'a rappelé le temps où j'étais steward sur des Boeing en classe affaires. Ce n'est que lorsqu'il a levé son verre que j'ai remarqué l'état de ses ongles, rongés outre mesure au-delà du comestible.

Comme si cela me regardait, Bardot a tenu à m'expliquer la situation au sein de la Fédération populaire indépendante. Ainsi que l'on pouvait s'y attendre après la mort de Nicole Tourneur, la vacance de sa direction était en train de créer le désordre, aiguisant les convoitises et chauffant les rivalités. Un meeting allait se tenir le surlendemain à Caen où s'exprimeraient les candidats et là, peut-être, se jouerait l'avenir du parti. Les militants de base étant âprement partagés entre les postulants, des incidents pourraient se produire, un maintien ferme de l'ordre serait souhaitable, cela risquait d'être tendu. Puis, suspendant ce propos et rendossant ses fonctions médicales : Alors dites-moi un peu, vous, physiquement, ce qui ne va pas.

J'ai encore exposé l'état de mes organes lésés puis à sa demande je les ai dévoilés, qu'il a examinés. Vu ce qui venait de se passer – mes coups, sa réaction, l'argent, tout ça –, j'étais un peu réticent devant ses palpations mais Bardot s'est plutôt bien tenu. Il a pris ma tension, m'a fait tirer la langue et ausculté, a saisi son bloc d'ordonnances et m'a prescrit du Synthol, ma mère n'aurait pas fait mieux. Après cela son regard s'est un instant perdu comme s'il réfléchissait, je crois qu'il réfléchissait. Quelque chose en tout cas semblait, du moins de son point de vue, s'être passé entre nous car il m'a soudain scruté, non sans profondeur ni tendresse apparentes et alors : Écoutez, Gérard, s'est-il remis à m'appeler par mon prénom.

19

Dans la nuit du 16 au 17, il est 23 h 30 et Franck Terrail se retrouve seul, debout devant le Sexodrome à quatre étages situé à l'ouest de la place Pigalle, un taxi l'a déposé là. Il n'y a plus grand monde à cette heure-ci sur le boulevard de Clichy. Des personnes mal vêtues se déplacent avec lenteur d'un banc à l'autre de l'allée centrale, des grappillons de jeunes gens doivent sortir d'un concert ou d'ailleurs, un épicier berbère va baisser son rideau métallique. Les commerces de matériel érotique ont fermé, leurs vitrines continuant d'illuminer des articles de lingerie fort ajourés, produits aphrodisiaques sous divers modes d'administration, escarpins aux talons déments, cravaches, perruques, poupées grandeur nature et autres accessoires que Franck détaille d'un œil neutre : on ne distingue pas ce qu'il pense.

Il traverse le boulevard vers le bas de la rue Germain-Pilon au débouché de laquelle stationne une jeune femme et Franck, sait-on jamais, l'aborde. Or cette jeune femme n'est pas du tout ce qu'il imagine, d'ailleurs elle n'est pas vêtue comme ce qu'il imagine. Rabatteuse en tenue presque stricte, elle se borne à distribuer des prospectus vantant les mérites d'un établissement de plaisir nocturne nommé le Somerset, en haut de la rue. C'est super, le Somerset, affirme-t-elle d'emblée à Franck, l'ambiance est super, les gens sont super et il y a de très jolies filles, venez donc voir. Je ne cherche pas spécialement une très jolie fille, déclare Franck, je cherche une pute.

Cette formule résolue n'est pas dans ses manières mais, ce soir, Franck a l'air désinhibé. Sans conviction, la rabatteuse feint d'être choquée : Enfin, monsieur, la prostitution est interdite à présent, vous n'êtes pas au courant ou quoi ? Venez plutôt voir chez nous, suggère-t-elle, vous allez trouver tout pour vous amuser, le premier verre est offert. Juste un coup d'œil. Si vous le dites, condescend Franck. N'en étant plus, ce soir, à un verre près, il entreprend de monter la rue Germain-Pilon, les mains dans les poches de son pardessus, l'une des mains froisse un foulard jaune et vert enfoui dans l'une des poches.

Franck Terrail gravit donc cette rue en repensant à sa visite à Louise, ce matin : cette entrevue ne s'est pas bien passée du tout. Franck n'est d'abord venu voir Louise, lui a-t-il assuré en arrivant chez elle, que pour se confier. Pour lui parler de Nicole, du chagrin qu'il éprouve, de son affliction, son désarroi, son deuil, tout ça. Il s'est répandu là-dessus, dressant un portrait fort idéalisé de Nicole, son esprit, son charme, sa beauté, sa culture et tout ça encore. Puis, s'attardant sur cette question de la beauté, Franck s'est mis à comparer Louise à Nicole, à découvrir leur ressemblance, à insister sur certains traits, à en supposer d'autres et, quand il lui a pris la main, Louise a bien voulu se laisser faire mais quand sa main à lui a remonté au-dessus de son coude à elle, Louise a commencé à se raidir puis, la main s'égarant autour de l'épaule, elle a prétexté un truc à vérifier et je reviens tout de suite.

Louise n'est évidemment pas revenue, tout porte à croire qu'elle a filé se réfugier chez Dorothée Lopez, juste à côté. Franck resté seul l'a attendue un moment puis, celui-ci s'éternisant, il a plus ou moins compris l'échec de sa démarche, a tourné un moment sur lui-même avant d'admettre que, dans ces conditions, mieux vaut s'en aller. En sortant de la maison, comme il passait près de la piscine il a dérobé un foulard traînant sur le dossier d'un transat, celui-ci comme celui-là rayé de jaune et de vert.

Parti de chez Louise, Franck Terrail a préféré ne pas appeler Luigi Pannone, comme il fait d'ordinaire quand il est désemparé. Il s'est fait mener en taxi vers l'Étoile tout en reniflant le foulard. Vaguement informé que c'était là, ou que ç'avait été, un secteur prostitutionnel – on distingue maintenant mieux ce qu'il pense –, il a fait tourner le taxi un moment sur quelques arcs du cercle impeccable formé par les rues de Presbourg et de Tilsitt, spécialement au coin des avenues Hoche et Foch, mais il n'y a vu nulle femme évoquant le profil idoine. Il s'est ensuite rendu dans quelques bars de nuit, ouverts l'après-midi, de ce quartier des Champs-Élysées mais ils étaient presque déserts, en tout cas vides de silhouettes désirées. Il y a bu nombre d'alcools forts jusqu'en début de soirée, y a dîné d'un welsh rarebit arrosé d'alcool aussi fort puis, faute d'avoir trouvé ce qu'il cherchait mais non sans suite dans les idées, il a pris un nouveau taxi pour se faire emmener place Pigalle.

En haut de la rue Germain-Pilon, le Somerset présente une façade sang de bœuf trouée de vitrages en miroir et d'une porte en acier luisant blindée. À mi-hauteur, une demi-douzaine de lanternes écarlates, dont l'une de guingois, surplombent de vagues cariatides en résine souillées par les pigeons et, au-dessus de l'entrée, un néon rose figure une anatomie féminine stylisée censée magnétiser le chaland. Le chaland, cependant, n'y accède pas comme ça : il lui faut sonner, patienter, puis qu'un regard physionomiste le jauge derrière un guichet grillé avant qu'on lui débloque enfin la porte.

Une fois entré, Franck voit tout de suite qu'il y a pas mal de monde dans cet établissement : des types avec des filles en extra-minijupe au bar, des types avec des filles hyper-décolletées autour de guéridons où s'érigent des magnums de champagne, des types avec des filles en général. Réglée pas trop fort, la musique hésite entre ascenseur et samba, les éclairages sont tamisés mais pas tant que ça non plus. Franck n'a pas le temps de se demander s'il va s'asseoir au bar ou à une table qu'une très jolie fille en effet, conformément aux prédictions de la rabatteuse, marche vers lui. Elle n'est vêtue que d'un bustier guêpière et d'un porte-jarretelles noirs comme on en trouve dans les commerces du boulevard, mais en plus distingué, elle a l'air très à l'aise et tellement détendue qu'on en oublierait presque sa tenue. Sourire avenant, gestuelle élégante et diction délicate – il pourrait parfaitement s'agir d'une étudiante en thermodynamique ou en droit constitutionnel arrondissant ses fins de semaine –, la jeune femme fait savoir à Franck sans transition ni manières qu'il lui en coûtera quatre cents euros pour une prestation particulière.

Franck juge que c'est quand même une somme mais au fond pas tant que ça vu la vraiment très jolie fille, il hésite un peu avant d'accepter ce marché mais s'aperçoit alors qu'un des types dans la salle le regarde avec insistance, et voilà qui change tout. Franck avait oublié qu'il est un peu connu, qu'il est un homme public, qu'on voit de temps en temps une photo de lui dans les journaux. Mieux vaudrait qu'on n'en revoie pas une autre bien plus compromettante dans un tel cadre, en pleine action : s'affolant à l'idée que le type ait pu l'identifier, il lui tourne brusquement le dos, abrège, prétend à la fille qu'il n'a pas ce montant sur lui, qu'il est désolé mais qu'il reviendra.

Sans se formaliser le moins du monde, la très jolie fille le raccompagne gentiment vers la porte blindée, la lui ouvre et, s'avançant à l'extérieur

– Franck redoute un instant qu'aussi peu couverte elle prenne froid –, lui indique une autre boîte nommée Club Sylvana dans la même rue, un peu plus bas sur le trottoir d'en face, précisant avec tact que les filles y sont plus vieilles et moches mais qu'assurément ce sera moins coûteux. Franck la remercie bien, traverse la rue Germain-Pilon et il est minuit dix.

20

À minuit dix, vers Boucicaut, une réunion de cadres de la FPI en comité restreint élargi est sur le point de s'achever.

Ordre du jour : Préparation du meeting de Caen ; relecture de l'hommage à Nicole Tourneur qui lui sera solennellement rendu à cette occasion ; rédaction d'un projet d'accord avec la fraction Mozzigonacci ; rapport d'un correspondant belge.

Sont présents : Joël Chanelle (bureau exécutif), Francis Delahouère (secrétariat général), Luigi Pannone (sécurité), Guillaume Flax (coordination inter-sections), Jacky Bloch-Besnard (fraction Mozzigonacci), Simon Van Os (Bruxelles).

Excusés : Franck Terrail, Louise Tourneur, Cédric Ballester, Dorothée Lopez.

Si l'absence de Franck Terrail (deuil et raisons de santé), de Louise Tourneur (deuil) et de Dorothée Lopez (mission de préparation logistique à Caen) n'a pas posé de problème, en revanche celle de Cédric Ballester a donné lieu à un débat.

Ballester n'est pas excusé ni empêché, a vivement fait valoir Delahouère, Ballester est absent et c'est très différent. Et je demande pourquoi. Je l'ai appelé tout l'après-midi, a indiqué Flax, il était injoignable. Ce n'est pas acceptable, a scandé Delahouère, je ne voudrais pas que ça cache quelque chose. En effet, c'est inhabituel, a estimé Pannone.

Je l'ai trouvé un peu fatigué ces jours-ci, a modéré Chanelle, Cédric a beaucoup donné de lui-même ces derniers temps, ça peut être ça. Fatigué ou pas, sa place était ici ce soir, s'est obstiné Delahouère. Imaginez qu'on apprenne un de ces jours qu'il fricote avec les Mozzigonacci. Je ne vous permets pas, Delahouère, a protesté Bloch-Besnard. Je ne vous ai rien demandé, Jacky, s'est échauffé Delahouère, je dis que cette absence doit être sanctionnée par, je ne dirai pas un blâme mais au moins un avertissement.

Calme-toi, Francis, a tempéré Chanelle, mais il est vrai que c'est un peu curieux. Il faudra vous renseigner, mon petit Guillaume. Bien sûr, Joël, s'est empressé Flax, croyez bien que je partage votre perplexité.

Si ces cadres savaient ce qui s'est produit en début de journée entre Cédric Ballester et Louise Tourneur, ils se poseraient un peu moins de questions. Considérant en effet qu'il faut battre le fer quand il est chaud, qu'on ne remet pas au lendemain ce qu'on peut faire le jour même voire qu'on ne change pas une équipe qui gagne, on est en droit de supposer qu'en cet instant Cédric poursuit et développe avec Louise un commerce interrompu ce matin par l'irruption de Franck.

À cette controverse près, la réunion ouverte à 19 h 30 s'est déroulée sans encombre. On a pris une pause vers 21 heures, on s'est fait livrer de quoi dîner par une entreprise de livraison de plats cuisinés, Pannone et Flax ont eu un léger différend quant au montant du pourboire accordé au coursier, Delahouère a mangé plus bruyamment que les autres puis on s'est remis au travail.

Vers 23 h 30, on commence d'observer chez certains quelques signes de fatigue. Bon, résume Chanelle, je crois qu'on a examiné tous les points, non ? Pas en ce qui concerne Ballester, rappelle aigrement Delahouère. Oui, ça va, Francis, ça va, l'apaise Chanelle, on reviendra là-dessus plus tard. Des questions ? Pas de questions ? Je propose qu'on s'en tienne là.

La séance est levée à minuit et quart, le temps pour Franck de descendre la rue Germain-Pilon.

21

Au bas de cette rue, le Club Sylvana est une institution plus modeste que le Somerset, rétractée sous une étroite façade aveugle et noire dont la partie supérieure s'orne de cinq néons discrets : quatre cœurs violets clignotent autour du substantif GIRLS en orange. On y accède sans difficulté ni physionomiste, il suffit de pousser la porte.

Une fois qu'il est entré, l'ambiance paraît à Franck Terrail bien différente de celle du Somerset. Pas de musique d'atmosphère, pas de lumière spéciale : pénombre neutre d'arrière-cour, de parloir ou de sacristie. Le bar est de pure forme, sans tabourets ni consommateurs, ni même beaucoup de bouteilles à l'arrière-plan, on n'est pas là pour prendre un verre, d'ailleurs il n'y a presque personne. Une sexagénaire au visage clos se tient assise derrière une sorte de guichet, plus loin deux autres femmes sont posées sur des chaises pliantes, l'une rousse à côté de l'autre brune et il y a deux placards dans le fond. Ces femmes, Terrail n'a pas le temps de les détailler – sauf qu'elles correspondent assez à ce que lui a fait prévoir son informatrice en bustier guêpière – car la rousse se lève aussitôt et vient à sa rencontre sans même lui demander ce qu'il veut, la chose devant être entendue.

Pour autant que l'éclairage permette d'en juger, de plus près cette femme semble approximativement blonde plutôt que rousse, à moins qu'entre deux teintures. Paupières tombantes et bonnes joues, larges hanches et larges épaules, elle est moins attirante et fraîchement sous-vêtue que sa consœur du Somerset, plus âgée semble-t-il en effet mais au fond pas tant que ça, rien qui prête à rêver mais rien de rédhibitoire, rien de vraiment rebutant. Franck n'a pas le temps non plus de s'exprimer, la femme indique sans transition que ce sera cinquante ou cent euros selon ce qu'il faut faire et Franck qui ne sait pas bien, qui n'est plus sûr de rien, lui dit que cinquante, ça va. Mise minimum comme au poker, quand on n'est pas encore tout à fait sûr de vouloir entrer dans le jeu.

Cette personne guide alors Franck vers l'un des placards qui se révèle être une cabine, espèce d'alcôve isolée par un rideau peu épais qu'elle tire sur eux, faisant signe à son nouveau client de prendre place sur un canapé sans accoudoirs, à peine plus profond qu'une banquette arrière d'automobile. Franck s'assied, la femme s'assied à côté de lui, au bord du canapé se trouve une étagère où reposent une boîte de Kleenex, un flacon de gel hydro-alcoolique, un distributeur de préservatifs et une peluche. On a bien dit cinquante euros, rappelle la femme. Pardon, s'excuse Franck en se fouillant, cherchant en vain quelque billet de cette somme, contraint de faire minablement l'appoint avec trois de dix et un de vingt que la femme coince sous la peluche avant de s'occuper, sans plus tarder, du pantalon de Franck.

Histoire de personnaliser un peu l'échange, Franck s'aventure à demander à cette femme son prénom. Angélique, répond-elle sans lever les yeux de sa tâche, et de manière si machinale que Franck le prend évidemment pour un nom de guerre. Attendant qu'elle lui pose en retour la même question tout en ayant ingénieusement prévu, lui semblait-il, de se faire appeler Gilbert, Franck est déçu qu'elle s'en abstienne.

Angélique, donc, procède sans hâte ni se pencher outre mesure, déboutonnant le vêtement avec méthode comme le ferait une infirmière ou une aide à domicile. Pendant qu'elle s'exécute, Franck perçoit un dialogue dans le placard voisin où une autre femme, selon toute logique la brune, expose en langue anglaise à son client, sans doute un touriste égaré par la réputation du secteur, ce qui est sexuellement possible de faire et pas. Cette brune qui, quant à elle, doit se faire appeler Haydée ou Coralie possède une plus jolie voix qu'Angélique, un timbre plus excitant, Franck se demande s'il n'eût pas été mieux de tomber sur elle d'autant que cette Angélique maintient une certaine distance glaçante, Franck lui en voudrait même un peu de ne pas sembler être vraiment à ce qu'elle fait. Franck a tort car elle y est, Angélique, à ce qu'elle fait, certes sans ardeur mais elle exécute sa tâche, on ne peut rien lui reprocher, même si Franck ne voyait pas tout à fait les choses comme ça.

Pour mettre un peu d'ambiance, comme Angélique s'attarde sur un bouton rétif, Franck lui demande respectueusement s'il pourrait lui toucher les seins. Elle ne répondant pas, Franck suppose que ce n'est point inclus dans le forfait, se garde d'insister cependant qu'Angélique vient de mettre à jour son membre, se tourne vers le distributeur de condoms dont elle extrait une unité, en déchire l'étui, amorce le déroulement du latex et soudain Franck n'en mène pas large.

Pas large au point que sur-le-champ s'ensuit un effet de détumescence et cela va être toute une affaire, pendant presque une minute, pour tâcher d'enfiler l'accessoire sur l'organe devenu mou de Franck. La chose est techniquement impossible : le caoutchouc ne tient pas sur un support flaccide, cela relève de l'antinomique. Angélique s'obstine cependant contre toute logique à résoudre cette aporie jusqu'à ce que Franck convienne que l'entreprise est vaine et qu'il lui en fasse part, lui suggérant de laisser tomber, ajoutant qu'il est désolé. C'est moi, dit poliment Angélique.

Tout est ainsi fini sans avoir commencé. Pendant qu'Angélique regarde ailleurs, Franck se rajuste et, comme tout cela s'est passé vite et qu'il dispose peut-être d'un peu de temps, il se permet sans grand espoir d'ébaucher une conversation, posant quelques questions élémentaires telles qu'à part ça qu'est-ce qu'on fait dans la vie. Franck est surpris qu'Angélique lui réponde et que s'installe, en cette cabine, un dialogue ordinaire et bénin comme il s'en improvise entre usagers, parfois, à un arrêt d'autobus – à ceci près qu'Angélique tutoie professionnellement Franck qui s'en tient quant à lui, vieille France, au vouvoiement.

Il apprend ainsi qu'Angélique, native du Lot, exerce la profession de serveuse dans une brasserie vers La Défense, qu'elle doit s'occuper seule de sa fille en bas âge, travaille au Sylvana trois soirs par semaine mais exerce également à domicile et à ce propos, suggère-t-elle, qu'elle peut venir un de ces jours chez toi si ça te dit. Franck élude l'offre mais en est touché, en prend bonne note, une sympathie le gagne à l'endroit de cette Angélique qui lui dit à présent : Bon, je vais te raccompagner.

Elle le précède jusqu'à la porte du Club qu'elle lui ouvre comme avait fait la fille du Somerset, Franck en conclut que cela doit faire partie du protocole dans le métier puis, quand il se retrouve sur le trottoir, cette Angélique lui sourit gentiment, va jusqu'à l'embrasser sur la joue, Franck est ému, Franck réellement ému s'enhardit à l'embrasser plus près de la bouche, Angélique se dérobe avec un joli rire et Franck est de plus en plus ému quand soudain la pente de la rue Germain-Pilon s'inverse, toute cette rue se met à tourner, Franck a le temps de penser qu'il est bien fatigué, que ç'aura été une rude journée, et alors il tombe.

Il s'est effondré entre deux voitures, sa tête a versé dans le caniveau, son arcade sourcilière s'est ouverte. Angélique tente de le redresser mais l'homme est lourd, la femme renonce, évoque Police-Secours ou les pompiers – non, trouve le temps de souffler Franck, surtout pas Police-Secours. Trouve-moi vite un taxi, s'il te plaît. Ainsi l'aura-t-il quand même une fois tutoyée, fermant les yeux sans pour autant perdre conscience, il se sent affreusement las mais en même temps tout ça n'est pas si mal, ce n'est même pas tout à fait désagréable, il resterait bien là pour y dormir en paix.

Angélique est embarrassée. Appeler des secours ou la police pourrait avoir des conséquences, lui compliquer outre mesure la vie, on ne peut compter dans ce genre d'affaire que sur des passants anonymes, or à cette heure-ci de moins en moins de passants anonymes fréquentent la rue Germain-Pilon. Mais par chance en voici un qui s'arrête, demande ce qui se passe, se déclare vétérinaire, se penche sur Franck, l'examine sommairement et ça ne m'a pas l'air bien grave, diagnostique ce vétérinaire, les rythmes ont l'air bons. Ça va passer. Il est solide, il m'a l'air solide. Je pense qu'il est solide. Franck pense que non.

22

Le meeting de la FPI va se tenir au Centre de congrès de Caen, plus précisément dans son amphithéâtre dont le sol, les murs et les cinq cent trente-huit fauteuils sont uniment tapissés d'une moquette bleu roi.

On peut trouver ce gabarit faible pour une telle manifestation, on doit se souvenir que la Fédération populaire indépendante n'est pas un grand parti : ne bénéficiant d'aucun financement public, elle se maintient essentiellement sur son roulement de cotisations et grâce à sa brigade de bénévoles. Sans le coup de pouce occasionnel d'un cousin Tourneur enrichi dans la grande distribution, sa trésorerie peinerait parfois à joindre les deux bouts. D'autre part, son actualité n'étant pas assidument suivie par les médias, il n'y a là que deux techniciens stagiaires de l'équipe locale France 3 Normandie, boudeurs et réticents, avec lesquels trois volontaires de la cellule communication, munis de caméras et micros locatifs, tentent vainement de sympathiser.

Orientée par un service d'ordre que supervisent les frères Nguyen, la troupe militante et sympathisante se répartit dans les travées, les membres du bureau exécutif prenant place au premier rang, bien repérables ainsi par les objectifs mais pouvant surtout allonger leurs jambes. Avant que ça commence, l'auditoire a tout loisir d'admirer les portraits géants de Franck Terrail et de Nicole Tourneur, celle-ci barrée d'un crêpe diagonal, surplombant l'estrade au-dessus des emblèmes du parti disposés en fond de scène.

Prévue pour une petite dizaine d'intervenants, quarts de Cristaline bien alignés, la tribune se remplit peu à peu après que le public s'est installé. Une fois assis derrière son panonceau nominatif, chaque orateur règle le micro à sa hauteur, adresse un petit signe à tel ou tel camarade présent dans la salle, arrime sa cravate et feuillette ses notes en se versant un fond d'eau.

Il y a là, sauf Luigi Pannone, les mêmes participants qu'à la dernière réunion de Boucicaut auxquels s'est jointe Dorothée Lopez. Chanelle affiche une expression contente, Delahouère à sa droite paraît heureux de ce contentement. Indice possible d'ouverture, d'infléchissement idéologique ou de nouvel équilibre des forces : Jacky Bloch-Besnard, jusqu'ici seul mandataire de la fraction Mozzigonacci et qui est en train de mener un aparté avec Lopez, se trouve aujourd'hui flanqué de Brandon Labroche. Jeune tenant picard et musclé de la pensée mozzigonaccienne, Labroche a posé sur ses genoux un chapeau rond à bord étroit. Apparus en dernier, Cédric Ballester et Louise Tourneur ont rejoint ce staff en prenant soin par discrétion d'arriver chacun d'une coulisse différente, elle cour et lui jardin, puis de ne pas s'asseoir l'un à côté de l'autre. Reste vacant le fauteuil central, réservé à Franck Terrail qu'on entreprend d'attendre.

Comme on patiente, des échanges furtifs commencent à se tenir puis se prolonger à la tribune. Les visages sont graves mais, micros coupés, les propos ne sont que badins. Delahouère demande par exemple à Flax, qui ne sait que lui répondre, ce qui est prévu après pour le dîner. Délaissant Bloch-Besnard, Dorothée Lopez va conseiller à Louise un établissement de remise en forme rue Tronchet cependant que Brandon Labroche entreprend à voix basse Bloch-Besnard : Tu ne vois pas qu'elle se serait enlevée elle-même, la mère Tourneur ? insinue-t-il. Tais-toi, Brandon, se raidit Bloch-Besnard outré. Ça ne serait pas la première embrouille des Terrail, glisse Labroche d'un air entendu. Des bruits courent, je ne sais pas si tu es au courant. Mais tais-toi donc, Brandon, s'indigne Bloch-Besnard en observant que, Franck tardant toujours, des bavardages mêlés d'ondes impatientes commencent d'éclore dans l'amphithéâtre. Dorothée Lopez, le remarquant aussi, se relève pour stimuler Chanelle qui menace de s'assoupir. Il va falloir y aller, là, Joël, lui souffle-t-elle, j'ai l'impression qu'ils trouvent ça long. On ne peut pas commencer sans Franck, voyons, sursaute Chanelle. Tant pis pour Franck, s'énerve Lopez, on ne peut plus attendre. Allons-y, Joël, bon sang, allez-y.

Quand Chanelle tapote son micro pour indiquer qu'on va y aller, les rumeurs se tassent decrescendo. Une fois le silence établi, la soirée s'ouvre sur l'inévitable hommage à Nicole Tourneur. S'étant dressé, torse bombé, Chanelle rappelle son parcours et ses engagements. Sa fidélité, sa rigueur. Sa clairvoyance. Sa fin tragique. Son œuvre à poursuivre. Une minute de silence.

Sous la direction morale de notre président Franck Terrail qui ne va d'ailleurs pas tarder, reprend Chanelle en désignant le fauteuil central vide, bien des luttes ont été menées, souvent couronnées de succès. Ces combats, nous n'aurons de cesse de les poursuivre dans l'esprit de notre secrétaire nationale, en honneur à sa mémoire. Nous devons aujourd'hui prendre une décision capitale, celle de la relève. L'enjeu est essentiel pour l'horizon de notre mouvement. Avant de passer la parole à Cédric Ballester, qui incarne la jeunesse et l'avenir de nos idées, je veux saluer la présence de deux représentants de la tendance Mozzigonacci. Ils ont accepté de se joindre à nous en ce moment solennel et je les en remercie. Car au-delà de certains différends bien secondaires, l'union s'impose au nom des principes communs qui nous rassemblent depuis toujours : le goût du travail et le sens des valeurs.

Applaudissements. Chanelle se rassied puis se tourne vers Ballester : À vous, Cédric, allez-y. Je ne peux pas parler en l'absence de Franck, objecte Ballester. Allez-y, Cédric, on vous dit, intervient Delahouère. Il va se pointer dans une minute, Franck. Allez-y donc, sinon on a l'air de quoi ?

Faute de mieux, Ballester se lève à son tour et développe le thème toujours bienvenu de l'union à la base. Évoquant, en les atténuant, les désaccords qui ont pu se faire jour avec notre compagnon Jean-Loup Mozzigonacci, il invente l'idée selon laquelle des commissions de travail vont se réunir pour aplanir ces menues divergences, ce que je souhaite de tout cœur et d'autant plus vivement qu'il ne s'agit, j'en suis certain, que de malentendus. Quel qu'en soit le résultat, je veux croire que leurs conclusions s'inscriront dans la ligne mise en œuvre par notre regrettée secrétaire nationale et définie depuis de longues années par le président Terrail. On m'informe d'ailleurs que celui-ci ne va plus tarder mais, avant de lui laisser la parole, je tiens à rappeler notre fidélité à ces préceptes essentiels que sont, avant tout, le sens du travail et le goût des valeurs.

Applaudissements. Franck, cependant, n'est toujours pas là. Un flottement s'ensuit, sensible à la tribune et très vite dans l'amphithéâtre, on commence à se regarder les uns les autres. Bon, murmure Chanelle, qu'est-ce qu'on fait maintenant ? Mais je ne sais pas, moi, s'affole Delahouère, il va falloir meubler. C'est ça, meuble, ordonne Chanelle. Meuble, Francis, dis quelque chose, n'importe quoi mais tâche de placer mon nom.

N'ayant prévu aucun discours, Delahouère doit à son tour improviser. Cette pratique lui est familière mais, après qu'il a pris la parole en rappelant que l'enjeu de ce rassemblement est décisif, voici que Franck Terrail paraît enfin côté jardin, un peu pâle et soutenu par Luigi Pannone, un pansement au-dessus de son œil gauche est visible malgré le maquillage. Tu as vu comme il a mauvaise mine, s'inquiète Bloch-Besnard. Sale gueule en effet, renchérit Labroche. Je dis bien décisif, insiste Delahouère un ton au-dessus, et je pèse mes mots.

Pannone est en train de reculer le fauteuil central pour permettre à Franck de s'asseoir et ce mouvement, en cet instant, déstabilise Delahouère qui s'empresse de conclure : Avant que notre président s'adresse à vous, je veux rappeler le poids de notre responsabilité dans la composition future du secrétariat national. La tâche promet d'être rude, sans doute, pour qui va devoir succéder à une figure irremplaçable. Mais n'en doutons pas, dans la tradition de notre mouvement, tous unis autour de notre délégué général saurons défendre le goût du travail et la valeur du sens. Président, nous vous écoutons.

Moindres applaudissements. Un nouveau temps. Franck n'a franchement pas l'air décidé à parler. Il fouille ses poches comme pour en extraire des notes, n'en extrait rien du tout puis les refouille, en retire un mouchoir et se mouche longuement pendant que Chanelle se penche vers Delahouère : C'était pas mal, ton discours, mais tu devais placer mon nom, il me semble, non ? J'y ai fait allusion, plaide Delahouère, ça m'a paru plus efficace. C'est toujours mieux quand c'est subliminal. Bon, concède Chanelle, mais qu'est-ce que c'était que cette histoire de valeur du sens, qu'est-ce qui t'a pris ? Je ne sais pas, répond Delahouère, ça m'est venu comme ça. Note que ça ne sonne pas mal comme formule, je trouve, et puis ça change un peu.

Franck, alors, a pris la parole. Son discours, qui allait marquer durablement les esprits, constituerait un tournant majeur dans les annales de la FPI, et plus généralement dans celles de la politique française. Mes chers amis, a-t-il prononcé très lentement, ménageant un silence après ce vocatif. La gravité de son propos était d'ores et déjà perceptible, une page historique allait se tourner, l'assistance retenait son souffle et je suis arrivé à ce moment-là.

23

Après Dorothée Lopez et Mike Brant, une autre vie brève pourrait être celle de Renée Hartevelt, grande et belle fille néerlandaise âgée de vingt-quatre ans, inscrite en littérature comparée à l'université Paris-III.

Dans l'après-midi du 11 juin 1981, Renée Hartevelt s'était rendue chez un ami japonais de trente-deux ans, aimable garçon timide et fort bien élevé, assidu comme elle au séminaire d'Henri Béhar sur le surréalisme. Invoquant une recherche en cours et sa méconnaissance de la langue allemande, ce jeune homme de constitution très frêle – 1,52 m, 38 kg – l'avait priée d'enregistrer pour lui le poème *Abend* de Johannes Becher – auteur peu connu sous nos climats bien qu'on lui doive les paroles de *Auferstanden aus Ruinen*, hymne national de l'ancienne Allemagne de l'Est –, et Renée Hartevelt avait accepté volontiers.

Alors qu'elle lisait ce poème devant un magnétophone, tournant le dos à l'étudiant japonais, celui-ci avait saisi une carabine 22 LR achetée la semaine précédente et tué Renée Hartevelt d'une seule balle dans la nuque. Cela fait, l'ayant plus ou moins pénétrée *post mortem* – ce point ne serait jamais vraiment élucidé –, il avait découpé les plus tendres parties de son corps, en avait entreposé sept kilos dans le réfrigérateur et, deux jours durant, en avait préparé la plupart selon différents modes de cuisson pour s'en nourrir, l'accompagnant à l'occasion de petits pois. Au cours de ces journées, à trente-neuf reprises, il avait également photographié l'évolution du processus – plans généraux du corps, gros plans sur les organes prélevés, présentation des plats, etc.

Dans la matinée du samedi 13 juin, faute de congélateur et pour les raisons qu'on imagine quand il fait chaud, l'étudiant japonais avait dû se résoudre à se défaire de Renée Hartevelt. Ayant débité ce qui restait d'elle en gros morceaux, il avait emballé le tout dans deux valises – tête et tronc dans l'une, bras et jambes dans l'autre – qu'il avait chargées sur un diable avant de commander un taxi puis de quitter son studio du premier étage en traînant laborieusement sa charge. C'est après l'arrivée de ce taxi que ma mère, revenant cette fois-ci de ses courses, avait remarqué ce jeune homme aidé par le chauffeur à caser ses valises dans le coffre devant son immeuble, au nº 10 de la rue Erlanger.

Soit encore plus près d'où je vis aujourd'hui que chez Mike Brant. D'où ma mère vivait donc alors, toujours aux avant-postes du fait divers mais si elle avait alors fait le rapprochement les jours suivants, en lisant le journal après qu'on eut interpellé le jeune homme, ma mère ne m'en a parlé que beaucoup plus tard. J'étais alors dans ma huitième année, n'est-ce pas, trop jeune et trop sensible pour être informé de cet ordre de phénomènes.

D'où je vis, en tout cas, je n'ai pas bougé pendant les deux jours qui ont suivi le meeting de Caen. Et si je suis arrivé en retard à ce rassemblement, ce n'était nullement de ma faute mais de celle de Bardot : nous étions convenus qu'il passerait me prendre chez moi mais d'abord il s'est égaré dans le XVIe en cherchant la rue Erlanger, a mis pas mal de temps pour la trouver, après quoi c'était fort bouchonné du côté de la Porte d'Auteuil puis ensuite, sur l'autoroute de l'Ouest, c'est allé.

Bardot s'est donc garé devant chez moi dans son bel Audi Q2 plein d'options, j'ai grimpé dedans et me suis assis à côté de lui. Il a demandé si je voulais de la musique et j'ai dit pourquoi pas, il a demandé quel genre et j'ai dit rien de particulier, il a trouvé une station d'*easy listening* qu'il a réglée à bas bruit et qui allait nous meubler jusqu'à Caen. Après notre échange vif de l'autre jour puis sa conclusion plus sereine, Bardot restait attentionné, prévenant, m'indiquant comment régler le siège au mieux de mon confort, m'appelant plus que jamais par mon prénom, un moment je me suis mis à craindre qu'il me pose une main sur le genou, mais non.

On est sortis trop tôt de l'autoroute, ce qui nous a fait traverser avant Caen une zone intermédiaire où, comme dans toutes les entrées de ville à présent, se pressaient des enseignes commerciales abritées par des bâtiments sommaires, similaires, sans ardeur architecturale et qui ont l'air provisoires mais ne le sont hélas pas. Bardot était alors en train de m'exposer les sources idéologiques de la Fédération populaire indépendante qui jaillissaient, si j'ai bien compris, des droites aux gauches les plus diverses non sans quelques détours par le centre. Je n'y entends pas grand-chose mais c'était peut-être pour ça, me suis-je dit, que leur entreprise n'avait pas l'air de marcher si fort.

On y observait en effet un éventail de pentes apparemment contradictoires, formant un relief accidenté qui allait cahotant d'Anton Pannekoek à Georges Sorel, de Sixte de Bourbon-Parme à Blanc de Saint-Bonnet, Bonald ou Bordiga, Spencer, Thoreau, je ne connaissais pas bien ces noms, j'énumérais moi-même et sans trop l'écouter les Carglass et Castorama, les Optical Center et Kiloutou, Leroy-Merlin, Office Dépôt, Monsieur Meuble et Monsieur Bricolage, puis on est arrivés au centre-ville, Bardot s'est garé en triple file devant le Centre de congrès. Comme un type du service d'ordre accourait pour le chicaner quant à ce choix de stationnement, Bardot a sorti de sa poche un badge et ça s'est arrangé.

Nous nous sommes approchés de l'entrée. Bardot qui allait devant moi a franchi aisément le filtrage mais, alors que j'allais le suivre, un autre type en blouson de veau m'a barré l'accès en me demandant si j'étais membre et j'ai trouvé cette question impudique. Fragile sous son veau, il a été rejoint par un autre plus trapu à veste moutarde qui m'a signifié que la réunion était en effet réservée aux adhérents et j'ai hésité, ne me voyant pas adhérer sur-le-champ sans un temps de réflexion. Bardot s'est heureusement retourné en ressortant son badge et me posant, cela devait arriver, une main sur l'épaule, puis nous avons rejoint l'amphithéâtre.

À l'entrée de celui-ci, de part et d'autre, j'ai reconnu les deux asiatiques m'ayant alpagué parmi les agaves, près de la piscine de mademoiselle Tourneur. Nous nous sommes regardés sans qu'ils se départissent de leur flegme extrême-oriental et j'ai procédé de même. Pendant que je suivais Bardot vers les premiers fauteuils voués aux huiles, j'ai perçu que régnait dans cette salle un silence de fer, on paraissait confit dans le recueillement, on m'a regardé de travers quand, m'asseyant, mon fauteuil a grincé. Comme je considérais ensuite le rang de personnalités siégeant à la tribune, je les ai presque toutes identifiées, j'en avais croisé la plupart du côté de Boucicaut sauf deux ou trois que je ne remettais pas, toutes se taisaient immobilement.

Au beau milieu de ce rang s'est enfin levée l'une d'entre elles en qui j'ai reconnu le président Franck Terrail, aperçu quelques jours plus tôt, toujours vers Boucicaut, en train d'attendre un ascenseur. Il était mieux habillé que cette fois-là : costume ardoise indémodable et cravate vert bombyx, ses richelieus havane émettaient des rayons. Autour de lui, les visages et les postures étaient figés dans le grave.

Terrail a pris son temps puis : Mes chers amis, nous a-t-il appelés, et il a respiré profondément deux ou trois fois avant de poursuivre. J'ai bien senti que l'instant allait être historique.

24

Le lendemain qui est un jeudi, chacun réagit à sa manière au discours prononcé par Franck Terrail à Caen.

Vers 7 h 30, Cédric Ballester s'éveille dans la chambre de Louise Tourneur. Comme celle-ci dort encore, Ballester se lève sans bruit. La veille au soir, Louise et lui se sont entretenus jusque très tard de la nouvelle situation au sein de la FPI avant – cela déconcentrant ceci – de s'accoupler plus sommairement que d'habitude.

Résumé de cette situation : si Louise ne veut pas du secrétariat national que Franck lui a offert pendant son discours de Caen, sans trop savoir comment la refuser – dilemme –, Ballester est quant à lui écartelé entre ses sentiments pour Louise, sa fidélité à Franck et son allégeance stratégique à Chanelle : dilemme au cube.

Il descend en sous-vêtements au rez-de-chaussée, se fait un café dans la cuisine, troque son caleçon civil contre un autre de bain, traverse la terrasse vers la piscine car malgré la saison le temps s'y prête encore : un soleil bienveillant se répand sur l'eau fraîche dans laquelle Ballester nage pendant une demi-heure, espérant dissoudre son dilemme dans le chlore qui se borne à lui cuire la cornée. Feignant de reprendre son souffle entre deux longueurs, il vérifie du coin de l'œil si, dans la villa voisine, Dorothée Lopez ne serait pas en train de l'observer depuis la fenêtre de sa chambre mais sans trop s'inquiéter : elle doit dormir encore, il est tôt.

Émergeant du bassin, Ballester avise Apollodore Nguyen assis seul devant son *goban*, attendant sans doute Ermosthène pour leur première partie de la journée qu'il prépare en étudiant l'ouvrage de référence, dû à Lee Chang-ho, intitulé *Invasion & Réduction*. Apollodore lève une paupière sur Ballester, les deux hommes se saluent en silence. À cette heure-ci, tout n'est que silence, l'air n'est troublé que par le ronflement d'un moteur W12 de Bentley Continental GT Speed dans une allée, sous un léger piaulement de merles et de corneilles.

Cédric Ballester est remonté dans la chambre où Louise éveillée parle au téléphone avec Dorothée Lopez qui, de fait, est levée depuis longtemps, qui regardait en effet – non sans pensées troubles – nager Ballester depuis une autre fenêtre de sa villa et qui expose maintenant à Louise par le détail, dans l'hypothèse où celle-ci accepterait le secrétariat national du parti, les précautions à prendre pour éviter son fractionnement.

Aux alentours de 10 h 45, dans l'appartement de la tour Nelson, Franck Terrail et Luigi Pannone procèdent eux aussi à un bilan politique mais surtout affectif de la situation. Bien que la matinée soit plus avancée, le silence entre leurs échanges est également très présent : on ne perçoit qu'une vague rumeur diffuse de trafic automobile et fluvial en contrebas sur les quais, entre les quais, au-delà des quais.

Terrail semble abattu, Pannone tente de le récréer. Ayant préparé en cuisine un breakfast argumenté – salade de fruits, yaourt grec, riz soufflé –, il le rapporte au salon mais Terrail n'y touche pas. Il faut manger, Franck, le sermonne Pannone, il faut encourager votre organisme, il faut aussi bouger un peu de temps en temps. Vous savez qu'à votre âge, la fonte musculaire. Vous avez pris le rendez-vous pour la coloscopie ? Oui, dit Franck, je ne sais pas. Pannone grimace et tente une autre manœuvre : Regardez-moi comme il fait beau, s'exclame-t-il en tirant brusquement les rideaux, ça ne vous remonte pas, un temps pareil ? Irruption, dans le salon, du soleil dont un rayon vient écraser, en bas à gauche de la bibliothèque, deux rangs de théâtre élisabéthain, mais Franck proteste que la lumière l'aveugle et que ça abîme les livres, Pannone referme en soupirant les rideaux.

Tu crois que ça peut marcher ? s'inquiète Franck pour la sixième fois de la matinée. La petite ne peut pas refuser le poste, affirme Pannone, de toute façon elle n'a pas le choix. Je ne te parle pas de ça, s'agace Franck, je te parle de son attitude à mon égard. Je lui donne tout le pouvoir, ça ne se refuse quand même pas, le pouvoir, non ? Ça devrait plutôt nous rapprocher, tu ne crois pas ? Elle pourrait mieux admettre mes sentiments. Non ? Pannone se tait. Non ? insiste Franck. Reprenez un peu de thé, suggère Pannone. Hydratez-vous.

De 16 h 10 à 16 h 30 à peu près, Joël Chanelle et Francis Delahouère s'entretiennent au téléphone, l'un se trouve à la campagne et l'autre en ville. Ici aussi, entre les énoncés, s'installent de longs blancs après qu'une fois de plus on a commenté le discours de Caen : la nomination surprise de Louise Tourneur et surtout la dissolution du bureau exécutif, également annoncée par Terrail. On a pris quelques décisions pour réagir à ce coup de force, maintenant on ne sait plus qu'en dire et l'on se tait. Côté Delahouère, quelque part vers Daumesnil, on n'entend alors qu'un enfant qui pleure à l'étage, de l'autre côté de la cour intérieure, et l'on entend aussi la mère de cet enfant balancer douze bouteilles vides dans un conteneur au fond de cette cour.

Côté Chanelle, dans sa maison de campagne du Vexin, le silence n'est troublé que par le meuglement plaintif d'une vache derrière une haie à moins que ce meuglement soit de joie, d'ennui, de rut ou d'autre chose. Bon, suppose Chanelle, je crois qu'on a fait le point. Il me semble aussi, confirme Delahouère, on se voit demain pour préciser l'affaire ? Non, dit Chanelle, finalement je ne vais pas venir, mieux vaut que je reste quelques jours au vert. Je préfère ne pas être mêlé de trop près à l'opération, tu vois. Pas trop présent physiquement. Je vois, comprend Delahouère, tu fais comme tu le sens.

Mais c'est à 19 h 56 précises qu'entre en scène un jeune homme inconnu à ce jour, dans un cadre rural également nouveau : Maxime Jaubert, vingt-trois ans, master d'action publique et de régulations sociales à l'université Paris-Dauphine. Et l'on n'est plus dans le Vexin mais dans le Tardenois.

C'est plus précisément dans la cour d'une gentilhommière que vient de pénétrer lentement une vaste Volvo anguleuse de couleur margarine, ressemblant à un break d'antiquaire et pilotée par Maxime Jaubert. Sur sa banquette arrière se tient une dame qui pourrait être sa mère et porte un ensemble sportif rose et gris de Stella McCartney, avec des baskets à semelles en raphia tressé, et le jeune Jaubert aussi en blouson multizippé, chelsea boots et jean en coton huilé, porte une coûteuse tenue décontractée.

La Volvo s'arrête en douceur devant l'entrée de cette bâtisse et quand Maxime Jaubert ouvre la portière, l'habitacle est envahi par un amalgame de relents agricoles brutaux – gazole, graisse de tracteur, engrais – émanant du hangar et des autres dépendances, nuancé par les parfums plus apaisants – humus, champignons, roses tardives – en provenance des jardins et des champs alentour. Lorsque Jaubert éteint les phares, il fait très sombre dans la cour, tout est calme et le ronronnement discret d'un groupe électrogène, quelques papillons de nuit furtifs, un vague chien insomniaque au loin ne font qu'amplifier la tranquillité ambiante avant qu'une lampe s'allume au-dessus d'un imposant portail. Celui-ci s'ouvre, apparaît une jeune femme nommée Léa Martineau, vingt-cinq ans, doudoune à capuche et leggings, bachelor en audit et contrôle de gestion à la Business School de Lausanne.

Pendant que Maxime Jaubert extrait respectueusement du coffre un vanity-case, la dame descend de la Volvo. Tout s'est bien passé ? demande Léa Martineau. Vous avez pu faire un peu de tourisme ? Fort bien, minaude la dame, nous avons visité Fère-en-Tardenois. Ah c'est joli, Fère, assure Martineau, il y a des choses, il y a les anciennes halles et puis vous avez vu le château, non ? Nous sommes passés devant le château, confirme la dame, mais je suis restée dans la voiture, bien sûr. Vous avez pensé à mon châle, Maxime ? Quel dommage de devoir partir, poursuit-elle, j'aurais bien passé ici quelques jours de plus. De vraies vacances. Le grand air m'a fait beaucoup de bien mais je pense qu'il est temps de rentrer. Est-ce que tout est prêt pour mon retour, Léa ? Tout est au point, Nicole, assure Martineau. Bien, dit la dame. Nous passerons à l'action après-demain.

25

Tout le monde tremble, dirait-on, à la seule évocation de Mozzigonacci. Il semble qu'il suffise de prononcer son nom pour aussitôt casser l'ambiance. Mais on a tort, on se trompe, on se fait des idées sur Jean-Loup Mozzigonacci, en train de déjeuner paisiblement comme chaque jour dans un café-restaurant à prix modérés de la rue Ternaux, juste en bas de chez lui qui, sexagénaire trapu de taille moyenne et aux cheveux ras, au regard vif sous des lunettes sans monture, vêtu d'un pantalon de toile, d'un pull bleu marine usé aux coudes et boutonné sur l'épaule, chaussé de sandales à boucles, n'a rien d'apparemment si glaçant.

L'habitus bienveillant de Mozzigonacci, ses manières amènes voire affectueuses peuvent évoquer ceux d'un ancien directeur de colonie de vacances ou d'un aumônier sportif défroqué. S'il est, murmure-t-on, l'homme des solutions radicales, son aspect n'en laisse rien paraître. Sa gestuelle est posée, sa mine ouverte au monde et il semble aimé dans cet établissement où de toute évidence il a ses habitudes, tutoyant le personnel et même la clientèle, un petit mot pour chacun et le même sourire pour tous, sauf pour Bloch-Besnard en compagnie de qui, côte à côte, il vient d'achever son déjeuner.

Ils ont commandé deux cafés, un troisième en voyant arriver Delahouère qui s'est assis en face d'eux. Alors, mon petit Francis, l'a gaiement apostrophé Mozzigonacci, c'est pour ce soir le grand soir ? Tant de questions restent à régler, a soupiré Delahouère. Leurs brefs propos suivants sont restés flous, d'ordre général, et pendant cet échange Bloch-Besnard s'est abstenu d'intervenir. On va y aller, non ? a fini par suggérer Mozzigonacci en faisant signe à la serveuse. Laissez donc, Francis, c'est pour moi.

On les retrouve dans l'escalier, qu'ils montent et dont la cage est à l'aune de l'immeuble : modeste mais claire et bien entretenue, bien cirée, pas de graffiti, pas de seau abandonné, pas de paillasson de travers, pas d'ascenseur non plus dont Mozzigonacci n'aurait nul besoin puisqu'il habite au premier étage avant lequel, quatre à quatre, ils ont été rejoints par Jean-François Bardot. Ils sont entrés dans un studio de trente mètres carrés, nid d'aigle de Mozzigonacci et qui n'a plus été repeint depuis la guerre du Golfe, voire celle des Six jours, et les vitres de ses deux fenêtres donnant sur rue n'ont pas été faites depuis, mettons, le début de celle du Donbass.

C'est qu'il règne une ambiance quelque peu militaire, ascétique et datée dans cette cagna : lit étroit fait au carré, bureau métallique supportant une ancienne machine à écrire à boule IBM vert-de-gris, fauteuil tubulaire et deux chaises de réfectoire contre un mur. Côté sanitaire, un lavabo près d'un réchaud tiennent lieu de cuisine et de cabinet de toilette puis, question sport et loisirs, ce sont un aussi vieux magnétoscope Thomson argenté mat ainsi qu'une barre fixe scellée au plafond. Trois étagères soutiennent une cinquantaine d'ouvrages recouverts de papier kraft ou cristal et deux maillots de corps, un beige, un bleu, pendent à un fil au-dessus du radiateur à bain d'huile. Rien d'autre au mur, sous verre, qu'un certificat d'aptitude aux troupes aéroportées encerclé par un fanion, une cocarde et trois photographies de groupe fanées. L'ensemble est austère et modeste : si Jean-Loup Mozzigonacci détient quelque pouvoir, ce n'est sûrement pas celui de l'argent.

Cet homme prend place dans son fauteuil raide, tourné vers Delahouère et Bardot qui occupent les chaises et Bloch-Besnard assis du bout des fesses au bout du lit. On semble n'attendre plus que le jeune Brandon Labroche et celui-ci ne tarde pas, son petit chapeau rond posé sur sa tête, inspecte les sièges indisponibles puis, n'osant investir l'autre bout du lit, s'adosse au mur en garde-à-vous sous le certificat. Je crois qu'on est au complet, sourit Mozzigonacci, eh bien qu'attendez-vous de moi ?

Des idées, lâche Delahouère. C'est cette histoire de secrétariat national, n'est-ce pas, développe-t-il. Joël veut éviter que la petite Louise décroche le poste, on est bien contrariés. Chanelle aurait pu venir en parler lui-même, fait remarquer Mozzigonacci. Il se repose, dit Delahouère, il est très éprouvé par cette affaire. Comprenez bien que si la petite obtient le secrétariat, toutes nos opérations sont compromises. Et je vous rappelle que, dans ce cas, votre influence est menacée. Je croyais qu'elle n'en voulait pas, de ce poste, fronce Mozzigonacci. Ça ne se refuse pas, un truc pareil, déplore Delahouère, elle fait des manières mais elle y viendra, on les connaît, ils y viennent tous. Et si Franck s'obstine à la désigner, nous voilà propres.

S'ensuivent quelques exemples historiques, arguments et conjonctures illustrant cet état de fait, trop techniques pour être rapportés ici et pendant l'énoncé desquels se laissent entendre les bruits de la rue, nettement distincts depuis le premier étage : babils de nourrissons, lambeaux de conversations, éclats de voix, claquements de portières, coups de klaxon, grondements de moteurs beaucoup moins distingués que dans la résidence Tourneur-Lopez, les véhicules circulant rue Ternaux relevant généralement de la classe moyenne.

Enfin les faits sont là, résume Delahouère, c'est l'impasse. On est coincés tant que Franck mène la barque. On vous voit venir, Francis, laisse entendre Bloch-Besnard. Je ne viens absolument nulle part, s'agace Delahouère, j'explique. J'expose.

Il continue d'exposer, insinuant pour conclure que le président Franck Terrail, qu'on le veuille ou non, ce serait bien qu'il soit un peu moins là. Quelles qu'en soient les modalités, on gagnerait à s'en défaire. Je ne dis pas physiquement, bien sûr, mais enfin. Vous voulez dire que physiquement ce ne serait pas mal non plus ? s'avance Bloch-Besnard. Levant alors un sourcil, le psychiatre Bardot paraît dresser aussi l'oreille. Il y a de ça, reconnaît Delahouère, on peut aussi voir les choses comme ça. Notez que je n'ai rien dit mais il y a parfois, si je puis me permettre, des décisions qui, n'achève-t-il pas cette phrase.

On se tait devant une telle perspective. Bardot, songeur, regarde ailleurs. Brandon Labroche époussette sa manche d'un air sournois. Bloch-Besnard et Delahouère affichent un visage sévère, l'heure est grave et même les bruits de la rue Ternaux se suspendent un instant comme s'ils étaient surpris, voire personnellement concernés. Seul Mozzigonacci semble réagir plus légèrement à l'hypothèse, n'ayons pas peur des mots, d'une liquidation de Franck Terrail. Il paraît amusé comme si ce n'était qu'une drôle d'idée, incongrue mais divertissante, comme si l'on venait de lui proposer un pique-nique en station d'épuration, un week-end sur champ d'épandage. Au fond, pourquoi pas en effet.

Mais il se reprend : Il est vrai que Franck est inconséquent, diagnostique-t-il, et qu'on serait mieux sans lui. Cela dit, c'est délicat, il est quand même resté très populaire. Vous avez vu l'ovation qu'on lui a faite après le discours de Caen ? Même la presse financière en a parlé. Justement, bondit Delahouère, c'est ça qui n'est pas si mal. S'il disparaît, tout s'effondre et si tout s'effondre, une bonne reprise en main est beaucoup plus envisageable. La foule est irrationnelle dans l'affliction, n'est-ce pas, le deuil autorise plein de trucs. Ce n'est pas faux, témoigne cliniquement Bardot. Je vous comprends, opine Mozzigonacci en joignant pensivement ses mains sous son menton, quant à moi je ne serais pas contre mais je ne pourrai pas m'en occuper personnellement. Moi, je pourrais m'en occuper, intervient le jeune Labroche. Tais-toi, Brandon, lui intime Bloch-Besnard à mi-voix.

C'est qu'il faut des professionnels pour ça, développe Mozzigonacci, et je n'ai plus beaucoup de contacts de ce côté-là, les quelques jeunes types que je connaissais dans le privé ne sont plus en France. Ils sont tous partis sur les sites un peu chauds, le Sud-Soudan, la Somalie, le Yémen, est-ce que je sais. Je ne vois plus que des vieux, de temps en temps, qui ont cessé d'être opérationnels. Ne vous inquiétez pas, Jean-Loup, le rassure Delahouère, nous allons nous organiser, je voulais juste avoir votre avis. Reste évidemment la question logistique, en effet. Est-ce que quelqu'un aurait une idée ? Vous n'en auriez pas une, vous, Jean-François ? Si, répond Bardot. Depuis un bon moment.

26

Quand il m'a appelé le lendemain matin, j'étais à ma fenêtre où souvent je me poste quand je n'ai rien à faire, très souvent. Je guettais un fait nouveau dans la rue Erlanger, n'importe lequel m'aurait suffi mais je sais bien qu'il ne s'en produit guère, ce n'est pas tous les jours qu'un chanteur de charme s'y jette de son balcon ni qu'un fils de famille jaune y ingurgite une étudiante blonde. Je ne doute pas que d'autres existences brèves s'y déroulent, comme partout, mais je crains qu'elles ne présentent pas le même intérêt scénique. S'il est cependant une vie qui a failli s'y voir abrégée, c'est celle de la rue Erlanger elle-même en 1942, et ici j'ouvre une parenthèse.

Le 4 juin de cette année-là, le capitaine Paul Sézille, secrétaire général de l'Institut d'étude des questions juives, 21 rue La Boétie Paris VIIIe, écrivait au SS-Hauptsturmführer Theodor Danneker, dirigeant la section IV J de la Gestapo, pour lui faire part de sa contrariété. Le capitaine Sézille exposait dans sa lettre qu'il serait un non-sens, à ses yeux, que les Français puissent identifier les Juifs par le port d'une étoile sans être informés pour autant, les malheureux, des rues de Paris portant elles-mêmes un nom juif. Était jointe à ce courrier la liste d'une trentaine de voies concernées qu'il suggérait de renommer, le boulevard Pereire devant ainsi notamment devenir, dans le cerveau bouillonnant du capitaine, un boulevard Édouard-Drumont. Parmi ces voies figuraient par exemple sur la rive droite les rues Halévy, Mendelssohn, Meyerbeer, Chernoviz, Florence-Blumenthal, Erlanger. Ce plan n'avait pas été suivi d'effet, Sézille ayant été je ne sais comment déboulonné de son institut, la rue Erlanger l'avait échappé belle et je ferme ici ma parenthèse, mais c'est toujours le même problème avec les parenthèses : quand on les ferme, qu'on le veuille ou non, on se retrouve dans la phrase, et la phrase c'est donc que Bardot m'a appelé le lendemain matin.

Il avait encore changé de ton depuis l'autre jour, moins surplombant que dans son cabinet de consultation mais aussi nettement moins familier que sur l'autoroute de l'Ouest. Écoutez, Gérard, continuait-il quand même à m'appeler par mon prénom, ce serait bien qu'on se voie vite. N'ayant rien à faire comme j'ai dit, j'ai donné mon accord et proposé de passer rue du Louvre un de ces jours. Ce serait mieux qu'on se retrouve chez moi, m'a-t-il coupé, et pas un de ces jours mais tout de suite. J'habite en banlieue mais ce n'est pas compliqué pour s'y rendre, vers Chatou, je ne sais pas si vous voyez. Oui, Chatou, je voyais à peu près, secteur plutôt prospère, ça ne m'a pas trop surpris, j'ai dit bon.

Pas compliqué, je veux bien, mais ça m'a pris une bonne heure de RER A et ensuite de bus B et ensuite à pied dans le froid. Sous son manteau fourré, Bardot m'attendait comme convenu au coin des rues Beaugendre et du Général-Leclerc, puis on a dû parcourir une allée partant de cette rue Beaugendre et voilà, m'a-t-il informé, on y est. C'était une tout à fait charmante demeure 1930, chez Bardot, deux vastes étages, une façade joliment enlierrée, de hauts platanes derrière avec des roses trémières devant, cela respirait l'aisance mais je n'ai pas eu le temps de bien voir.

Nous sommes entrés, moi derrière lui. On va passer dans mon bureau, m'a signalé Bardot. Nous avons traversé au pas de charge un grand salon dans lequel, sur une bergère, une femme décorative allaitait un poupard : mon épouse, a sous-titré Bardot sans s'arrêter. L'épouse a hoché la tête à mon passage en remontant un châle sur sa poitrine à quoi pendait le poupard, je me suis incliné en marchant sans trop regarder, il fallait coordonner ces mouvements, nous sommes arrivés dans ce qui avait l'air d'un bureau. Comme j'allais m'asseoir, Bardot m'a fait signe que non en ôtant son manteau : On va descendre, a-t-il dit, je voudrais vous montrer quelque chose. Où pouvait-on descendre, me suis-je inquiété vu qu'on était au rez-de-chaussée.

On s'est retrouvés dans une assez vaste cave aménagée en salle de projection, très sombre, et j'ai mis du temps pour accommoder : trois rangs de fauteuils en peluche rouge, trois murs et le sol en béton ciré, le quatrième mur occupé par un écran au gabarit de matelas king size. Une console équipée de voyants et de boutons était fixée devant un fauteuil du premier rang où s'est assis Bardot, j'ai pris place à côté de lui.

Je fais un peu de cinéma en dilettante, m'a-t-il annoncé. Il ne faut pas m'en vouloir si techniquement ce n'est pas très au point, je compte sur votre indulgence. Il a pressé l'un des boutons, enténébrant ainsi l'espace et, se tournant vers moi : Je veux vous montrer un petit film qui pourrait vous intéresser, a-t-il souri – on ne distinguait plus rien mais j'ai bien entendu le sourire dans le noir –, vous allez voir. Il a dû appuyer sur un autre bouton car le film a aussitôt démarré. Et là, de fait, j'ai vu.

Le décor m'a tout de suite dit quelque chose, mais pas moyen de me rappeler quoi. Une chambre, un placard où pendent des vêtements féminins, un secrétaire à deux tiroirs. Gros plan sur un de ces tiroirs, ouvert et plein de papiers. Une main entre dans le champ, manipule ces papiers. Tout ça n'est pas très bien cadré, l'image mal contrastée tremble un peu, c'est à l'évidence du travail d'amateur. Après le plan du tiroir, une porte entrebâillée s'ouvre qui donne sur une salle de bains, d'abord obscure puis brusquement éclairée. Cut. Plan de travers sur une machine à laver, la caméra panote à gauche et l'on distingue une personne assise sur une chaise contre cette machine. Zoom sur la personne dont on ne discerne pas la tête, enveloppée qu'elle est dans un sac publicitaire jaune. La caméra recule et là, c'est moi que j'ai vu.

Je me suis vu d'abord de dos, puis de trois quarts dos, puis mon visage était bien reconnaissable quand je me suis tourné, et je dois dire que je comprends les acteurs qui déclarent n'aimer pas se voir à l'écran. C'était la première fois que ça m'arrivait mais oui, j'entends bien ce qu'ils expriment. Je me suis trouvé moche, mal habillé, aussi voûté que mon diamètre me le permet, tout ce qui me chagrine chez moi devenant détestable, puis cette question de mon apparence est vite devenue mineure car ce qu'on voyait plus particulièrement de moi, là, c'est que j'avais un couteau à la main.

C'est quand je me suis contemplé tenant ce couteau à manche rouge et lame d'un autre rouge, mon regard allant de cet ustensile à la personne enveloppée, que je me suis souvenu de la scène. La maison du nommé La Mothe-Marlaux. Le jour où j'y étais tombé sur ce corps de dame morte avant de m'affoler puis de filer. J'avais dû enfouir cette histoire au fond de ma mémoire car elle était presque oubliée, disparue ou située dans un passé très éloigné, alors qu'il n'y avait pas quinze jours que cela s'était passé. Bref, c'était à présent un long plan fixe où j'étais seul en vedette, immobile, contemplant une personne assassinée avec l'arme du crime à la main. On pouvait trouver cette scène ridicule, on pouvait également la juger accablante.

Je suis resté à regarder, j'aurais bien voulu voir la suite et même que ça continue, que ça ne s'arrête jamais, que le film se poursuive éternellement pour différer ce qui sans doute allait suivre. Mais il s'est conclu aussi sec, l'écran est devenu noir et je suis resté sans réagir, occupé par cette seule idée incongrue : encore heureux que ce film était muet, me disais-je, j'avais compris comme il est déplaisant de se considérer contre son gré mais il paraît que c'est encore pire quand on entend, en plus, sa voix.

J'en étais là, cette fois-ci, de mes pensées quand la voix de Bardot m'en a soustrait. Je n'ai pas besoin, estimait-il, de vous faire un dessin.

27

Tout muet qu'il fût, le film m'avait en quelque sorte rendu sourd. Le temps de sa projection, j'étais à ce point accaparé par ce spectacle que l'intensité de ma vision, toute concentrée sur lui, avait dû faire se déconnecter mes autres équipements sensoriels. Ce n'est qu'après coup que j'ai vaguement pris conscience que le silence, pendant ces quelques minutes, n'avait pas été absolu : légers bruits irréguliers derrière moi, comme des chuchotis par intermittence, une fois un gloussement étouffé. Mais trop absorbé par ce que j'étais en train de voir, je n'avais pas pensé à me retourner.

Quand la lumière s'est rétablie et que Bardot m'a signifié qu'un dessin ne m'était pas nécessaire, après ce moment de sidération l'urgence était de réagir et tout de suite j'ai dit que je ne marchais pas. J'ai nerveusement affirmé que je ne marchais pas. J'ai fébrilement articulé, m'efforçant de ricaner, que je ne marchais pas du tout. Ma nature a beau être intimidable, j'ai fait celui qui ne s'en laisse pas conter : j'ai argué que cette mise en scène était cousue de fil blanc, qu'elle était ridicule – là, c'est à rire que je me suis tant bien que mal forcé –, que tout ça ne rimait à rien, ne me concernait nullement, qu'on n'allait pas me faire porter un chapeau beaucoup trop grand pour moi. Comme les murmures venaient de reprendre, j'ai jeté un coup d'œil dans mon dos, aperçu deux types assis au dernier rang mais je ne me suis pas attardé.

Ça pourrait ne rimer à rien, a convenu Bardot, sauf que la dame sur la chaise était bien morte. Un peu de respect pour les défunts, je vous prie, Gérard, et notez que vos traces de doigts sur le couteau sont on ne peut plus nettes. Arrêtez-moi si je me trompe mais vos empreintes avaient été relevées, me semble-t-il, au moment de votre histoire sur le vol Paris-Zurich, non ? Je pense qu'ils ont dû les conserver dans leurs fichiers. Il a encore souri. J'ai marqué le coup. Il l'a vu.

Ce point me paraissant établi, a-t-il posé, nous allons pouvoir passer à notre affaire, puis, se retournant vers les deux types derrière : Je crois que vous pouvez nous laisser, messieurs. Je me suis retourné de même, j'ai regardé ces types en détail, je ne les ai pas reconnus tout de suite car ils avaient pas mal changé. Quand j'ai fini par les remettre, j'ai mieux compris ce qui se passait, j'aurais pu m'en douter.

Le premier, bien sûr, était le vieux qui m'avait chargé de retrouver sa Janine et laissé un chèque sans provision. Sauf qu'il semblait bien moins âgé, plus détendu, avait bien meilleure mine et forci, portait un sweat-shirt bleu pâle et un chino havane au lieu de son antique costume corseté, ses cheveux mêmes avaient repoussé depuis notre rencontre. Rien d'étonnant dès lors que l'autre fût le dénommé La Mothe-Marlaux en personne à ceci près que lui, comme par effet de vases communicants, s'était par contre amoindri : plus rien du grand bourgeois dégénéré que j'avais connu, plus de chevalière ni de foulard, il paraissait détérioré, à bout de souffle et pâli, ses chuchotements de tout à l'heure dénotaient moins sa discrétion qu'une insuffisance respiratoire. L'un et l'autre avaient dû, faute de mieux, accepter ce travail. Ainsi va la vie des intermittents du spectacle, bien obligés d'accepter ce genre de petits boulots quand le cinéma, le théâtre et même les feuilletons à la télé ne veulent plus d'eux.

Ces deux acteurs de cinquième zone se sont levés, dirigés vers la porte et nous sommes restés seuls avec Bardot. Vous vous êtes donné bien du mal, docteur, ai-je tenté d'ironiser. Je tâche de m'organiser, a-t-il admis, c'est ainsi que j'ai barre sur vous. Peine perdue, ai-je encore essayé d'objecter, cette histoire de dame morte ne tient pas debout. Quand bien même elle ne tiendrait pas, m'a-t-il affectueusement rappelé, j'ai autre chose en magasin. Vous souvenez vous plus précisément de ce Paris-Zurich, quand vous faisiez encore le steward ? Là, je me suis de nouveau senti beaucoup moins bien.

Vous ne vous en étiez pas mal tiré à l'époque,

a-t-il approfondi, mais j'ai un peu cherché, ça ne s'est pas tellement passé comme vous l'aviez prétendu sur ce vol, non ? Vous ne pouvez rien prouver, ai-je marmonné en regardant le bout de mes doigts. Rien que cette phrase vous accable, s'est esclaffé Bardot. Et puis vous oubliez que vous m'avez tout raconté par le détail pendant nos petites séances, vous ne vous rappelez pas ?

Il m'est revenu qu'en effet, dans un moment de faiblesse, prenant Bardot pour un praticien normal tenu par le secret professionnel, je m'étais assez déballonné à propos de ce vol pour Zurich, de ses conséquences douloureuses ayant abouti à mon renvoi ainsi qu'à l'inscription de mon nom sur une liste noire. Je pensais à l'époque qu'il ne m'écoutait pas et même qu'il s'en foutait, j'aurais mieux fait de me taire. Bref, a conclu Bardot, disons que je vous tiens par les couilles, je dirais même par plusieurs paires de cet organe. Vous allez donc faire de point en point ce que je vous dirai, Fulmard. Il ne m'appelait plus, tiens, par mon prénom.

Il m'a exposé son programme : il m'offrait de détruire le film, d'oublier l'histoire du Paris-Zurich et de me donner de l'argent, aussi, pas mal d'argent. En échange de quoi je devrais lui rendre un service et non des moindres : m'occuper à son idée de quelqu'un. C'était, assurait-il, très simple à faire et tout était prévu, je ne risquais rien de rien et pour ce faire, voici l'outil. Il a retiré une chose dans un chiffon par-dessous la console, a déplié le chiffon, j'ai vu la chose, elle était de petit format.

Prenez-la bien en main, m'a encouragé Bardot. Je l'ai prise.

Il s'agissait évidemment d'une arme, un pistolet pour être exact. Voici qu'après le couteau venait un pistolet. Je trouve ça fatigant à la longue, ces histoires d'armes à feu. Pourquoi faut-il qu'il y ait toujours des pistolets dans les histoires, ai-je songé. C'est convenu, fastidieux, sans surprise mais bon, je suppose que c'est une figure imposée. Regardez-le mieux, a insisté Bardot, pour vous y habituer.

C'était un tout petit objet noir et compact, à peine de la taille de ma main, avec les mots *EKOL & VOLTRAN Tuna* gravés le long du canon et un point rouge sous le cran de sûreté. Je l'ai trouvé bien léger, je l'ai dit : Quatre cent soixante-dix grammes, a précisé Bardot, fabriqué à Istanbul. Pistolet d'alarme à gaz modifié, m'a-t-il expliqué, uniquement dissuasif au départ mais que n'importe quel fraiseur peut rendre apte à tirer de vraies balles, a-t-il tenu à développer, en forant le canon pour y insérer un tube de 7,65 sans trou d'échappement. Tout cela ne me disait rien mais Bardot m'en a expliqué l'avantage : l'arme étant en vente libre un peu partout sans être enregistrée, la police ne pouvait établir en aucun cas sa traçabilité. Ni vu ni connu. Bon, l'ai-je interrompu, mais le quelqu'un, c'est qui ? Celui que vous voulez que je ? Vous le saurez vite, a coupé Bardot comme s'il s'agissait d'un détail. Vous recevrez une photo.

On est remontés au rez-de-chaussée, d'abord dans son bureau où il m'a remis l'outil que j'ai empoché. Comme il proposait de me raccompagner, nous avons retraversé le salon dans l'autre sens. Au fond de son parc, maintenant, le poupard somnolait, l'épouse Bardot ronflotant pour sa part devant une fiction télévisée. Le peu d'images que j'en ai perçu au passage dénotait une rediffusion de feuilleton des années quatre-vingt, et je n'en ai saisi que quatre mots de dialogues : « Ah bon ? Deux mois ? »

Dans l'entrée de sa demeure, Bardot m'a remis une grosse enveloppe censée contenir comme prévu des espèces – il y en a pas mal, m'a-t-il rappelé, vous en aurez besoin – et que j'ai empochée de l'autre côté. Il m'a demandé d'attendre la photo puis m'a laissé partir, cela pesait presque pareil dans mes deux poches pendant que je suis rentré rue Erlanger.

28

Construit vers 1540 et remanié de 1865 à 1869, le manoir Bavelaer se compose d'un logis principal de quatorze pièces, d'une maison de gardien et de quelques dépendances – écurie, grange, hangar à foin, remises. Ceinte d'un parc de neuf hectares que traverse un ruisseau, cette haute construction massive est inscrite à l'inventaire supplémentaire des monuments historiques même si personne, jamais, ne la visite. Il semble même qu'on préfère l'éviter comme si son profil dentaire, sa couleur mate, son allure abrupte imposaient à la ronde le silence à moins que la défiance.

Cent kilomètres à l'est de Paris, une nuit glacée paralyse le Tardenois, petite région vallonnée au dense réseau hydrographique et où, isolé entre deux collines et flouté par le brouillard, se dresse l'édifice Bavelaer. Corpulent et flanqué de tourelles coiffées d'ardoise, on y accède par une allée sinueuse environnée d'herbages, de bruyère, de bosquets. Tout est maintenant sombre et calme, la façade du manoir est obscure qui domine une cour carrée où deux voitures sont garées côte à côte : un break Volvo d'âge mûr, une Opel Crossland à l'état d'usage. Tous volets clos, l'intérieur de la bâtisse est opaque de même que l'habitacle de ces véhicules aux vitres obturées par la buée.

Vers cinq heures dix, une des fenêtres au rez-de-chaussée vient de s'éclairer : ombre mobile sur carré jaune. L'ombre est celle de Maxime Jaubert qui, dans un décor de cuisine, s'affaire devant une cafetière et un grille-pain. Après qu'il a beurré des toasts, il allume une radio, presse quelques oranges, va brouiller des œufs, entrouvre la fenêtre et la referme aussitôt.

Côté lumière, celle du jour est encore loin de s'annoncer mais, comme on pressent que celui-ci sera pluvieux, on ne verra pas grand-chose de plus aux alentours avant un bon moment. Côté son, par cette fenêtre entrebâillée trois secondes, on a perçu des tintements de porcelaine, de verre et de métal, la radio grésillant de nouvelles fraîches à bas bruit puis un écho de pas plus légers que ceux de Jaubert : voici venir Léa Martineau.

Elle et Maxime Jaubert échangent quelques mots, disparaissent avec des plateaux puis trois autres fenêtres proches s'éclairent, celles d'une ample bibliothèque dallée de marbre gris et blanc, garnie de faux mobilier médiéval et cadrée par deux cheminées à trumeau blasonné. Pendant que Jaubert dispose le matériel du petit déjeuner sur la table centrale, Léa Martineau s'absente et revient cinq minutes plus tard, suivie de Nicole Tourneur elle-même, Nicole Tourneur en personne et selon toute apparence en pleine forme, vêtue d'un peignoir duveteux mauve à capuche. On s'assied, on se propose la cafetière, on bavarde à mi-voix, on se répartit les œufs brouillés, il semble qu'à plusieurs reprises on plaisante, on se passe le sel.

À six heures moins le quart, pendant que Maxime Jaubert débarrasse la table, Léa Martineau escorte la secrétaire nationale jusqu'à sa chambre. Là, devant un miroir, on fignole à présent son apparence qui doit, à rebours des objectifs classiquement flatteurs du maquillage, la faire paraître à l'état brut, éprouvée, dénutrie, sans le moindre apprêt comme au sortir d'une longue et pénible séquestration. Depuis trois jours, Nicole Tourneur a pris soin de ne plus laver ses cheveux que Léa Martineau désordonne un peu plus pour l'occasion, accentuant ses cernes et creusant ses rides au pinceau, puis Tourneur revêt la même tenue de sport minable qu'elle portait dans les vidéos, Martineau ayant pris soin de la cochonner un peu plus.

À six heures trente, on monte dans l'Opel, Jaubert et Martineau devant, Nicole Tourneur camouflée par une couverture sur la banquette arrière, les phares laissent deviner un espace sans surprise jusqu'à Château-Thierry : champs à droite, boqueteaux à gauche, profils de forêt floue dans le fond. Sans surprise non plus, le temps ne s'est pas arrangé, il pleuvote irrégulièrement, la visibilité n'est pas au mieux sans compter qu'on se gèle.

On ne serait pas partis un peu trop tôt ? bâille Martineau. L'essentiel, rappelle Jaubert, c'est d'arriver avant neuf heures et j'aime mieux prendre mes précautions. Le journal boucle à dix heures et demie, ça nous laisse une bonne marge pour qu'ils nous donnent la une. Mais avec l'autoroute on ne sait jamais, tu vois, s'il y a un accident ou quelque chose et que ça bouchonne. Son inquiétude est infondée : après qu'on a rejoint l'autoroute de l'Est au péage de Château-Thierry, le trafic est assez fluide pendant que le jour se lève jusqu'à l'entrée dans Paris.

Nous y voilà. Vue du ciel, la Porte de Bercy ressemble à un réseau intestinal, un plateau de vieux flipper Gottlieb ou un nœud borroméen mal ficelé : vaste zone de transit autoroutier, c'est un entrelacs de rocades et d'échangeurs intriqués où se croisent, se rejoignent, se superposent des voies rapides entre lesquelles survivent des secteurs végétaux en forme de croissant, de trapèze, de triangle, herbus et vaguement arborés, sortes d'îles inaccessibles aux mortels à pied.

Après qu'à neuf heures moins dix on a furtivement déposé Nicole Tourneur sur l'un de ces îlots, terre-plein coincé entre trois voies, Maxime Jaubert s'extrait du lacis pour rejoindre la voirie normale du XIIe arrondissement. Dès que possible, en l'occurrence dans une contre-allée du boulevard Poniatowski, il gare l'Opel, extrait de sa poche un téléphone portable neuf à carte prépayée acheté chez un buraliste de Fère-en-Tardenois, compose successivement les numéros du journal *Le Monde* et de l'Agence France-Presse. Aux premières personnes qui décrochent, il dicte un texte bref avant de raccrocher, de poser ce téléphone par terre et le détruire à coups de talon, puis d'en jeter les débris dans la plus proche bouche d'égout. C'est parti, semble-t-il. On va faire un tabac.

29

Mais ça n'a pas marché comme on l'aurait souhaité.

Après que des fonctionnaires de la DGSI ont récupéré d'urgence Nicole Tourneur sur son bout d'échangeur, on l'a transportée pour observation à Clamart où un hôpital d'instruction des armées accueille aussi quelques personnalités civiles, triées sur le volet. Elle y a subi une batterie d'examens qui n'ont rien révélé d'anormal, en alternance avec des entretiens menés par d'autres fonctionnaires sans donner plus de résultats, Tourneur s'en tenant obstinément à la même version : toujours séquestrée, oui, dans le même lieu, correctement traitée, oui, mais sans avoir jamais pu identifier ses ravisseurs, non. Les officiers de police judiciaire ont fini par baisser les bras, lui ont fait signer une décharge pour quitter l'hôpital Percy mais, plutôt que la laisser rentrer chez elle, lui ont prescrit de s'installer ailleurs, par prudence et pour quelque temps.

On l'a donc transférée par ambulance dans une

résidence sécurisée d'allure hôtelière et qui, dépendant du ministère de l'Intérieur, sert à héberger des notabilités sous surveillance : quatre civils se relaient en permanence dans le hall et trois appelés du 35e régiment d'infanterie de Belfort font le pas de grue sur le trottoir. Chaque résident dispose d'une chambre confortable avec room service et vue sur le jardin, salle de remise en forme au dernier étage, un chauffeur est à sa disposition.

Ce qui n'a surtout pas du tout marché, c'est l'effet qu'imaginait produire Nicole Tourneur par ces simulacres d'enlèvement puis de libération. Elle qui rêvait de faire frémir les sphères politiciennes, la société civile, la presse internationale, et relancer par là même sa popularité, force lui est de convenir que c'est raté. Certes, son retour a été annoncé dans les journaux mais sous forme d'écho plutôt qu'en première page, moins à l'indicatif qu'au mode conditionnel, puis commenté quelques jours du bout des lèvres mais c'est comme tout, ça ne dure pas. Ç'a d'autant moins duré que les réactions de la classe politique ont été quasi nulles, personne ne souhaitant accorder de l'importance à l'actualité de la FPI, formation mineure et qu'on entend bien voir demeurer telle. Lancé sur les réseaux sociaux par le couple Jaubert-Martineau, un bruit a vaguement couru selon lequel Nicole Tourneur refusait toute interview, toute photographie, toute apparition publique, mais le fait est qu'on ne lui a rien proposé de tel, que le public s'est vite lassé de cette histoire et qu'en substance tout le monde s'en est foutu.

Même au sein du parti, l'accueil s'est montré polaire et c'est bien normal : là où l'on commençait à se faire à la disparition de Nicole, chacun profitant de la place vide pour engraisser ses ambitions privées, on s'est retrouvé dans l'embarras. Franck Terrail et Joël Chanelle ont préféré garder le silence, c'est à peine si Francis Delahouère a pris sur lui de se fendre d'un bref communiqué : Très affectée par les événements qu'elle vient de traverser, notre secrétaire nationale doit prendre quelques semaines de repos. Tous prendront la mesure de cette épreuve et, dans la discrétion qui s'impose, sauront respecter ce moment.

Bref, on a créé le vide autour d'elle et la voici, pauvre Tourneur, toute seule depuis cinq jours dans cette chambre où, lasse de feuilleter la presse qui ne parle plus d'elle, de pianoter sur sa télécommande quand toutes les chaînes l'ont oubliée, elle considère par la fenêtre un jardin desséché par le gel. Elle qui n'a vécu jusque-là que pour la chose publique au point de négliger souvent sa propre fille, la voici qui tente de l'appeler pour la vingtième fois depuis son arrivée, mais en vain : c'est toujours occupé, sinon c'est le répondeur. Comme elle essaie encore sans que jamais se décrochent les appareils fixe ni mobile de Louise, une culpabilité la prend, la mélancolie s'installe, le découragement gagne Nicole Tourneur qui commence à trouver le temps long, qui s'alanguit, qui s'assoupit, et nous aussi : dès lors, accélérons donc le cours des choses.

Tourneur appelle la réception. Commande une

voiture. Traverse le hall, monte dans la voiture – une Hyundai hybride –, indique au chauffeur l'adresse de Louise. La Hyundai démarre, suivie à cinquante mètres par une Lexus contenant sur sa banquette arrière deux permanents du hall, pas mécontents de changer d'air. On arrive devant le bunker résidentiel, Tourneur descend de la Hyundai. Marche vers la casemate jouxtant la grille d'entrée, le gardien prend un air absent à sa vue, feint de ne pas la connaître puis de la reconnaître avec un temps de retard, finit par lui sourire avec déférence ou commisération, on ne sait pas bien. Ouvre la grille. Silence dans les allées, silence plus soutenu que d'habitude, on n'entend pas ronronner de moteur de luxe ni s'égosiller le moindre oiseau. Il fait gris, l'air est sec et poudreux, Tourneur frissonne. Les permanents sont restés devant l'entrée, bien au chaud dans leur Lexus.

Nicole Tourneur arrive devant la maison de sa fille. Cette maison semble close. Le jardin paraît à l'abandon, les agaves bordant la piscine sont poussiéreux et négligés, jusqu'à leurs pointes et leurs épines qui ont l'air limées. L'un des frères Nguyen, pas rasé, mégot au coin des lèvres et survêtement froissé, muni d'une épuisette et d'un balai aspirateur, est en train de nettoyer l'eau trouble de la piscine à la surface de quoi flottent nombre de feuilles, de brindilles et d'insectes morts avec un mulot ventre à l'air. Tourneur questionne ce frère Nguyen mais il n'a pas la moindre idée, non, d'où pourrait se trouver Mlle Louise. Essayez de voir à côté, suggère-t-il, chez Mme Lopez. Or la villa de

Dorothée Lopez paraît tout aussi cadenassée, volets fermés, prospectus dépassant de la boîte aux lettres, mauvaises herbes rongeant le gazon sur quoi l'autre frère Nguyen, tout aussi négligé, passe un râteau mélancolique. Également questionné par Tourneur, l'autre frère se montre mêmement évasif quant à Mme Lopez, aucune idée non plus d'où elle peut bien être.

Ils le savent cependant, mais ils ont des consignes. À la libération de sa mère, Louise Tourneur s'est sentie harcelée. Franck Terrail affolé s'est mis à la submerger de coups de fil, plus assidus encore que d'habitude, Louise a fini par ne plus y répondre, en désespoir de cause Franck lui a envoyé des émissaires, le petit Flax d'abord et même Luigi Pannone ensuite, Louise Tourneur les a reçus une fois puis leur a fermé sa porte. Comme néanmoins ils s'acharnaient, Louise a décidé de partir, s'enfuir, s'en aller le plus loin possible en ordonnant le silence aux domestiques, accompagnée par Ballester et chaperonnée par Dorothée Lopez. Direction : le Sulawesi.

Mais qu'est-ce donc que le Sulawesi, dites-moi, et où peut-il bien se trouver ? Eh bien ce pays se trouve en effet loin, vraiment très loin, à mi-distance des Moluques et de Bornéo. Il s'agit d'une grande île formée de quatre péninsules et dont le contour évoque celui d'une araignée boiteuse, d'une étoile déconstruite ou d'un *K* minuscule un peu dilué : il y a largement là de quoi vous trouver un coin pour être un peu tranquille. Son climat est tropical, son relief général accidenté, ses faune et flore profuses et trois mers s'y dandinent à vos pieds.

Lopez sur leurs talons, Louise Tourneur et Cédric Ballester se sont donc installés au Sulawesi, plus précisément dans le village de Bira situé à la pointe sud-est de la péninsule méridionale. Ils sont descendus à l'hôtel Amatoa Resort où ils occupent la suite de luxe *Honeymoon* cependant que Lopez dispose d'une chambre à l'étage inférieur, moins vaste mais pas mal non plus. Depuis leur terrasse, enfin tranquilles, ils considèrent la mer de Flores au-dessous d'eux puis, quand ils se retournent, les hautes montagnes chapeautées de brume entre lesquelles, par d'étroits couloirs, déferlent des torrents de cascade en cascade à travers la jungle pluviale pour exploser enfin sur le rivage, jaillir en ruisselant le long des plages au sable immaculé, frangées de santals, de tecks et de cocotiers.

Voici donc qu'après le coup de l'arme à feu, figure imposée dans ce genre d'histoire comme l'a pertinemment fait observer Gérard Fulmard, voici qu'on va vous faire le coup de l'exotisme. Ne manquerait plus maintenant qu'une scène de sexe pour remplir tous les quotas – mais alors une vraie scène de sexe, bien sûr, savamment menée, moins déprimante et ratée que celle de Franck Terrail à Pigalle. Nous verrons cela plus tard. Gardons-la en réserve si l'occasion se présente.

30

Une telle scène, d'ailleurs, aurait pu survenir dès maintenant car tout s'y prête dans la suite *Honeymoon* : l'ambiance et l'air conditionné sont doux, les couleurs apaisantes, des voilages vaporeux filtrent une lumière légère et le lit rond, surtout, de format sénatorial, revêtu de cuir de buffle et au pied duquel gît un plateau chargé de boissons fraîches, s'y accorderait parfaitement. Il conviendrait d'autant mieux qu'on ne distinguerait d'abord de cette séquence qu'un ébat de silhouettes floutées par l'écran des moustiquaires, ce n'en serait que plus efficace avant de se livrer à des plans rapprochés, de gros plans pour mieux suivre l'enchaînement des postures, harmonisées par le ressac de la mer de Flores en contrebas, le va-et-vient de ses vagues procurerait un excellent fond sonore, symétrique et synchrone à l'action.

Mais non, il est onze heures du matin, voici un bon moment déjà que Louise Tourneur et Cédric Ballester ont achevé leur petit déjeuner sur la terrasse et nous avons raté la scène pour autant qu'elle se soit produite, en tout cas nous arrivons trop tard, ce sera peut-être pour une autre fois. En attendant, sous crème solaire indice 50, Cédric et Louise prennent le soleil dans leurs chaises longues en esquissant vaguement, par phrases languides et souvent inachevées, le programme de la journée.

Ce programme, plusieurs options se présentent pour le remplir qu'ils sont bien loin, depuis à peine trois jours qu'ils sont là, d'avoir toutes explorées. Il y a celle de la plage à laquelle on accède en empruntant un chemin étroit aménagé par zigzags dans la falaise et qui, s'élargissant à son terme en delta, accède au bord de mer comme s'ouvre un éventail. Cette option se subdivise alors en triple sous-option : vous avez le bain simple, la plongée sous-marine ou bien la randonnée palmée – des moniteurs ainsi que des équipements appropriés à ces pratiques sont disponibles à l'hôtel. Il y a celle, toute proche, de la piscine à débordement située en contrebas de la terrasse et d'où l'on jouit entre deux brasses d'une vue panoramique sur la mer bleu saphir. Il y a la visite du vieux village, il y a l'excursion dans la jungle – son entrelacs de lianes et ses animaux rares –, à portée de main dès la sortie de l'hôtel où des guides forestiers se tiennent également à la disposition des résidents. Il y a aussi la solution de rester à ne rien foutre sur la terrasse, bronzer tranquillement et remettre cette décision à plus tard en compagnie de Dorothée qui aura sûrement une bonne idée : elle ne va pas tarder, attendons-la pour déjeuner.

C'est oublier que compte tenu du décalage

horaire, et plus encore de sa pente naturelle, Dorothée Lopez a pris le parti de se lever extrêmement tard depuis leur arrivée au Sulawesi. Ce matin par exemple, même quand sonne l'heure de prendre un verre, même après celle du déjeuner, Lopez ne paraît toujours pas : on commencera sans elle, on sonne, survient un boy avec un menu – salade gado-gado à la sauce d'arachide, viande de brousse au sambal sur lit d'agar-agar –, Ballester donne son accord, le boy prépare la table.

La salade n'est pas mal mais dans un faux mouvement, en attaquant la viande de brousse, Louise Tourneur laisse déraper son couteau : la lame vient érafler la face interne de son index gauche, à la jonction des deux premières phalanges : légère douleur, cri étouffé, perle de sang, ce n'est rien. Ce n'est rien mais cela saigne un peu quand même et Cédric s'empare aussitôt de la main de Louise, prend l'index dans sa bouche pour arrêter l'épanchement puis le garde entre ses lèvres plus que de raison, l'enveloppe de sa langue en lorgnant Louise d'un œil mi-clos : ce pourrait être enfin l'ébauche de notre scène explicite, le préliminaire idéal, ce serait tout à fait possible mais non, encore raté, la scène est interrompue par l'irruption bruyante de Dorothée Lopez.

Lopez est arrivée en esquissant un pas de danse, levant les bras au-dessus de sa tête et claquant des talons tout en yodelant dans le suraigu pour faire savoir, sans doute, son contentement d'être là. Elle s'est pointée vêtue d'un paréo si polychrome qu'il en fait mal aux yeux, coiffée d'un turban à motifs tropicaux agrémenté d'une fleur de frangipanier sur l'oreille, chaussée de tongs et parée d'un collier d'artisanat local acheté trois jours plus tôt, trente fois son prix, à l'aéroport de Makassar. On s'est repris, on l'a saluée, on l'a priée de s'asseoir.

Alors qu'est-ce qu'on va bien pouvoir faire aujourd'hui ? s'émerveille Lopez par avance tout en battant des mains, vous avez une idée ? Ballester, pour répondre, doit extraire de sa bouche l'index de Louise qu'il présente à Dorothée. Qu'est-ce que c'est que ça, fronce-t-elle. Deux secondes. Mes lunettes. Qu'elle chausse en se penchant vers la main de Louise, qu'elle ôte une fois celle-ci examinée : Pas grave, laisse-t-elle tomber, pas besoin de pansement, ça va se fermer tout seul. Un peu de désinfectant, peut-être, et encore. Et alors, qu'est-ce qu'on fait ?

Eh bien l'on pourrait faire un petit tour dans la jungle, propose-t-elle après réflexion, voilà une des bonnes idées de Dorothée. On y souscrit, on se lève et l'on se rend, pleins d'enthousiasme et flanqués d'un guide prénommé Budiman, au cœur de la forêt primaire, sauvage et mystérieuse qui se trouve à deux pas : entrons dans cette jungle ombreuse et moite, sépulcrale, frémissante et bruissante, trésor faunistique et floral.

Mais d'abord on ne va pas voir grand-chose de cette faune. Certes on tendra l'oreille quand Budiman lève un index ravi, désignant le ventre indistinct de la forêt d'où proviennent de vagues beuglements, aboiements, sifflements lointains qui émanent, s'efforcera-t-on de croire, des buffles nains et cerfs-cochons dont on a lu l'existence dans les guides. On conviendra d'avoir aperçu un vieux couple de singes noirs à long nez mais ils manquaient de souplesse, étaient un peu voûtés, semblaient rentrer paisiblement chez eux, on n'a pas voulu les gêner. On essaiera d'apercevoir, tordant la nuque vers la canopée, d'hypothétiques oiseaux de paradis pour ne distinguer en fin de compte que trois succédanés de pigeons égarés là, encore sont-ils bien loin, on n'a pas pris de jumelles. Faute de mieux, Budiman essaie de faire partager son enthousiasme au vu d'un vieil excrément dont il assure, croit-on comprendre, qu'un tigre blanc l'a laissé là.

Ensuite, sur le plan végétal, d'abord des lianes il n'y en a pas tant que ça, les fougères et les hévéas ont l'air mal arrosés, les orchidées sont toutes fanées, les plantes grasses n'ont pas plus d'allure que dans une salle d'attente d'orthodontiste, on commence à traîner les pieds. Budiman, semble-t-il, voit bien qu'on est un peu déçus, en désespoir de cause il tente d'attirer l'attention sur une toile d'araignée qu'il déclare exceptionnelle mais on en a déjà vu plein des comme ça, de ces toiles d'araignée : on feint de s'y intéresser quand même, on sourit pour lui faire plaisir, on ne comprend rien de toute façon à ce qu'il raconte en langue tomini-tolitoli. Peut-être aussi ne s'attarde-t-il sur ce phénomène que pour détourner l'attention, récupérant en douce un vieux Kleenex froissé, laissé par les derniers touristes et qui obère la virginité du lieu. Or comme on se retourne et le prend sur le fait, Budiman prend un air gêné avant d'indiquer fièrement, croit-on comprendre, qu'il convient avant tout de protéger le milieu.

Une heure passe, Budiman finit par comprendre qu'on commence à en avoir marre et que ça suffit comme ça, qu'il fait trop chaud, trop humide et que, faute d'animaux sensationnels, trop d'insectes en tous genres ne cessent en revanche de se faufiler vers vos orifices, qu'il vous faut surveiller à vos pieds les serpents éventuels, éviter nerveusement les massifs de plantes carnivores au profil voluptueux qui se tendent languissamment sur votre passage. Quand Budiman déclare qu'on va rentrer, malgré la barrière linguistique on le comprend avec soulagement. On retourne à l'hôtel prendre un moment de repos, on suggère de se retrouver à la plage un peu plus tard, en fin d'après-midi ? D'accord. À tout à l'heure.

31

La plage est bien. Vraiment bien. Tellement bien qu'on pourrait y passer sa vie même si les plages, on n'aime pas tant que ça. Même si l'on fait valoir que rien ne la distingue à première vue de pas mal d'autres, au point qu'il ne serait pas utile de la décrire, une fois que l'on s'y pose on mesure son bonheur : longue à l'infini, large en pente douce, bordée de palmiers et de bananiers feuillus si l'on souhaite un peu d'ombre, sable extrafin à nuance corail, eau à 29° : elle est exceptionnelle. Cette plage inspire un tel sentiment de paix définitive, d'insouciance et d'harmonie qu'on n'a plus envie d'en bouger. Toute idée chagrine s'y dissout instantanément, tout rappel du passé, toute perspective d'avenir sont même exclus : face à la mer de Flores on n'éprouve plus qu'un sentiment de perpétuel présent, perpétuellement peinard.

Certes, cette mer présente quelques inconvénients, ses eaux ne sont pas si sûres ne serait-ce qu'en raison des pirates, par exemple, qui depuis toujours pullulent dans la zone, mais les choses ont à cet égard un peu changé. Si les pirates cultivent toujours la même allure – bandeau dans les cheveux, anneau à l'oreille, fusil-mitrailleur en bandoulière sur torse nu, regard explosé par la phényléthylamine et sourire de toutes leurs dents ébréchées –, leurs techniques ont cependant évolué – armement plus moderne, détecteurs de mouvement à longue distance, *speedboats* ultra-rapides et GPS – ainsi que leurs objectifs : bien que leur mode d'action soit toujours radical, ils ne s'en prennent plus seulement comme dans le temps aux humbles bateaux de pêche, leur champ d'intervention s'étend maintenant à tout ce qui bouge sur l'eau, du navigateur solitaire aux cargos, paquebots et autres porte-conteneurs géants. Cela dit, la mer de Flores étant devenue moins passante, les pirates sont généralement occupés ailleurs, plus souvent au nord-est, en mer des Philippines où le trafic marchand est plus dense et mieux achalandé.

Côté désagréments, ces ondes recèlent aussi, bien sûr, quelques espèces peu fréquentables en leur sein. Il se trouve là quelques natures incommodantes telles que la murène ou le serpent de mer mais on les croise rarement, tapies la plupart du temps dans leurs anfractuosités. Et puis bon, on n'a rien sans rien, ces contrariétés sont négligeables et la plage de Bira est assurément l'endroit le plus doux, le plus accueillant, le plus sûr au monde, on ne voit pas où serait le sens d'être ailleurs. On s'y étend, on y somnole, on s'y retourne après avoir renouvelé son film de crème à indice maximum car le soleil frappe fort de manière continue jusqu'à ce que la nuit tropicale tombe brutalement, d'un instant à l'autre, telle un rideau de scène mais nous n'en sommes pas là : pour le moment Louise Tourneur et Cédric Ballester, chacun sur son drap de bain, s'exposent aux ultraviolets, valsent avec les brûlures, toréent les carcinomes : mon Dieu comme on est bien.

Il est dix-sept heures trente quand Dorothée Lopez les a rejoints, grand sac de toile à l'épaule, rabane en raphia roulée sous un bras, radiocassette balancé au bout de l'autre. Si Lopez s'est changée pour la plage, sa tenue n'est pas spécialement balnéaire : mini-short et gilet de cuir blanc, chaussée de bottes à mi-mollet et coiffée d'un chapeau de cow-boy, elle arbore des lunettes noires extrêmement couvrantes en forme d'ailes de vespertilio fluo. Lopez claironne un inutile bonjour, Cédric et Louise ouvrent un œil en grognant un monosyllabe.

Dorothée Lopez déroule sa rabane, s'assied dessus en soufflant, demande si l'eau est bonne en cherchant une fréquence sur le radiocassette. On ne capte rien sur ce truc, râle-t-elle avant de trouver enfin une station de rock thaïlandaise diffusant le tonitruant *Om phra ma pout oh mai chua* de Sek Loso et Bird Thongchai qu'elle monte à fond, faisant sursauter les jeunes gens qui se lèvent avant de fuir en direction des flots. Comme Louise revient un instant sur ses pas, récupérant un masque et un tuba : Attends un peu, lui intime Dorothée, fais-moi voir ton doigt.

Dorothée Lopez examine cet index où la coupure

s'est déjà réduite : ne reste là, coagulée au creux de la jointure interphalangienne, qu'une minuscule boulette de sang, pas plus encombrante qu'une tête d'épingle et ce n'est vraiment pas grave, diagnostique Lopez, tu peux y aller. Rien de tel que l'eau de mer, prétend-elle, pour cicatriser. Louise s'éloigne, rejoint puis dépasse Ballester qui, les pieds dans l'interface littorale, hésite encore à se baigner, laissant les vagues aux longues langues mousseuses lui lécher les orteils et masser le cou-de-pied.

Louise chausse ses palmes, règle la courroie du masque, embouche le tuba puis s'immerge : silence vibrant, à peine troublé par l'écho des bulles, soleil réfracté sur une vallée de sable et bientôt se présentent les poissons, solitaires ou par bancs, de toutes couleurs et de toutes formes, crêtés ou barbichus, porteurs d'antennes ou traîneurs de voilages, ornés de festons et de galons, décorés de rayures en tous genres, d'étoiles polymorphes, de carreaux, de pois. Autant la jungle était décevante, autant la mer abonde et Louise Tourneur est enfin seule et tranquille, protégée, calme et loin de tout, mais alors apparaît un monstre.

Il s'agit d'un monstre âgé de trente-sept ans, long de cinq mètres quarante, pesant une tonne et demie, se présentant sous la forme d'une large masse oblongue, musculaire et nerveuse, carrossée de gris clair et de blanc. Sans cesse affamé de chair, indifféremment animale ou humaine et morte ou vive, le monstre est en mesure de situer celle-ci à plus d'un kilomètre grâce aux récepteurs sensoriels dont son crâne est truffé : il réagit alors au quart de tour et son fuselage aigûment profilé, son carénage hydrodynamique, sa cuirasse d'écailles à pointes alignées lui autorisent une progression rapide, avec des accélérations instantanées.

Ce nouveau personnage traînait dans le coin, vaquant à ses occupations, quand un signal d'alarme interne l'a mobilisé, déclenchant une recherche précise et il s'est mis en chasse. Ses paupières fixes ne cillent jamais, ses yeux vides et froids, fixes et butés de psychopathe possèdent une acuité visuelle fort supérieure à celle de l'humain, tout comme son ouïe et son odorat capable de repérer sans hésitation la moindre goutte de sang dans cinq millions de litres d'eau.

C'est ainsi qu'armé d'une denture démesurée, indéfiniment renouvelée par effet de tapis roulant, le monstre est en train de se ruer vers Louise Tourneur. Il se trouve à dix mètres d'elle et très vite à cinq mètres, à moins d'un mètre : ses mâchoires s'ouvrent alors sur deux sextuples rangs de quatre cents incisives triangulaires, plates, acérées, crénelées, puis elles se referment.

32

Jeudi, j'ai reçu la photo.

Je descendais jeter un œil chaque jeudi sur les boîtes aux lettres. Pas tellement pour inspecter la mienne que j'ouvre peu, mais ce jour-là paraissent pas mal d'hebdomadaires et, je crois l'avoir indiqué, j'extrayais parfois ceux qui dépassaient des boîtes voisines et faisaient désordre, soucieux que l'harmonie régnât dans le hall de l'immeuble. J'ai prélevé ce jour-là un *Paris Match* et un *Express* avant de vérifier à tout hasard le contenu éventuel de ma boîte : parmi les faire-part d'une pizzeria fraîchement éclose, d'une salle de sport toute neuve et d'un réparateur multifonction, s'y trouvait une enveloppe fermée, sans suscription et qui, peut-être, attendait là depuis quelques jours. J'ai failli la balancer sans l'ouvrir car pour vous appâter, parfois, les agences immobilières font ce coup, mais je l'ai quand même rangée entre les magazines, oubliée jusqu'en milieu d'après-midi où j'ai pensé à elle. Ouverte, elle ne contenait qu'une photo de presse découpée sans doute dans un quotidien, vu la qualité du papier, et représentait le président Franck Terrail.

C'était donc de lui que je devrais m'occuper. Je l'avais un peu envisagé entre autres conjectures, mais sans y croire : malgré ce que j'avais plus ou moins compris de la personnalité multiple de Jean-François Bardot, celui-ci ne me paraissait guère capable d'un projet aussi radical. Quoi qu'il en fût, la tâche était considérable. Terrail s'étant d'abord fait connaître au sein d'un petit mouvement gaulliste de gauche, puis héberger au gré du vent par d'autres formations éphémères avant de fonder la FPI sans jamais dépasser 2 à 2,2 % des suffrages exprimés, il avait fini par acquérir à l'usure une certaine visibilité parmi le personnel politique. Bon an mal an, il en était même devenu une figure. Figure mineure, mais figure.

Or en toute hypothèse, la disparition de cette figure, dont le nom et le prestige politique sonnaient historiquement plus fort dans l'opinion que ceux de son épouse, ne manquerait pas de faire sensation et plus encore si les circonstances de cette disparition étaient, comme m'en avait chargé Bardot, violentes. Son éclat public serait sans comparaison avec les récentes aventures de Nicole Tourneur, dont on a vu le relatif fiasco. Ma responsabilité, de ce fait, était lourde, j'ai pesé ce dans quoi je m'étais embarqué. J'aurais pu refuser le marché, bien sûr, n'ayant nulle garantie sur cette affaire mais comme ç'avait été à prendre ou à laisser, que j'avais tout intérêt à prendre et que j'avais pris, il a bien fallu s'y mettre. J'ai décidé de procéder avec méthode, pour autant que j'en sois capable car la tâche était neuve pour moi. Il me fallait d'abord m'occuper de ma personne avant d'étudier celle de Franck Terrail.

Ma personne aurait besoin de prendre son temps pour préparer l'action. Ne voulant pas qu'on me presse ni qu'on me harcèle, mieux valait me couper du peu de monde que je connaissais, et spécialement de mon commanditaire dont je ne souhaitais pas qu'il se manifestât pendant le processus. Il convenait de rompre mes frêles passerelles sociales et peut-être de me loger ailleurs : j'ai jugé bon de m'éloigner momentanément de la rue Erlanger, restait à trouver où aller.

Chercher un hôtel n'étant ni dans mes habitudes ni dans mes moyens, j'ai envisagé un moment les ruines du centre commercial : si les travaux de reconstruction paraissaient piétiner, on avait déjà installé dans ses marges quelques modules Algeco prévus pour abriter les ouvriers. Ces baraques étant vides, j'eusse pu en squatter une : solution plus économique et proche de chez moi donc sans dépaysement, personne n'aurait pensé à me chercher là. Cela supposait cependant une certaine logistique et surtout le climat s'y prêtait mal, ces équipements de chantier n'étant sans doute pas encore chauffés.

Je me suis raisonné. Je pouvais après tout disposer sans trop compter de l'argent alloué par Bardot, il m'en resterait même pas mal ensuite si tout se passait bien. J'avais d'autre part intérêt à me rapprocher physiquement de Terrail pour faciliter mes travaux d'observation, il allait falloir bien me renseigner sur l'emploi de son temps, ses habitudes, son entourage et sa protection. Définir le moment et le lieu idéaux pour remplir ma mission supposait une étude préliminaire serrée. Rompant avec mes habitudes économiques, j'ai fini par trouver un hôtel rue de Javel, à dix minutes à pied du quai de Grenelle, pas trop loin de chez lui et surtout pas trop cher.

Les tarifs modiques de l'hôtel Welcome se justifiaient par l'état de la chambre – une petite table, une chaise, un lavabo d'eau froide en face d'un lit aux draps poisseux et au matelas plein de vieux cheveux –, par l'équipement sanitaire collectif à mi-étage – toilettes sommaires, douche brûlante ou glacée sans juste milieu –, par un escalier raide, étroit, sombre, et par une isolation phonique inexistante qui permettait de tout savoir de mes voisins d'étage, principalement de jeunes touristes étrangers fauchés. Pas d'ascenseur ni de télévision ni de bar, machine à café en panne : l'établissement tenait plus de l'auberge de jeunesse que de l'hôtel à proprement parler, mais enfin j'étais sur zone.

De là, j'ai commencé à observer les allées et venues du président Terrail. Je me postais tous les matins derrière un panneau publicitaire au pied de la tour et j'attendais. Terrail en sortait presque chaque jour, accompagné par son estafier sec et noiraud, d'allure latine et que j'avais aperçu déjà dans l'immeuble du côté de Boucicaut, en train d'attendre l'ascenseur avec son patron au rez-de-chaussée. Quand ils se bornaient à faire un tour dans le coin pour prendre l’air, je les pistais à pied de mon mieux mais devais lâcher prise quand ils partaient je ne sais où, dans la petite Honda jaune de l’estafier.

Car une filature, quand on n’est que piéton, a ses limites, et que je ne l’eusse pas prévu témoignait assez de mon inexpérience. À contrecœur, car je ne voulais pas dilapider mon capital, je me suis résolu à louer une automobile d’un standing assorti à celui de l’hôtel. Je n’avais plus piloté de véhicule depuis longtemps, j’ai eu un peu de mal à m’y remettre mais c’est assez vite revenu. Puis ils avaient eu beau me déchoir de mes droits civiques après l’histoire du Paris-Zurich, ils m’avaient quand même laissé mon permis de conduire. Dès lors j’ai pu suivre Terrail partout où il allait.

M’est apparu qu’il se rendait surtout à des rendez-vous médicaux, ce qui n’était pas illogique à son âge où le médecin traitant ne suffit plus, où l’on doit se soumettre de plus en plus souvent aux spécialistes. Arrive un temps où tout s’érode un peu plus chaque jour, là encore est l’usure du pouvoir : du royaume digestif à l’empire uro-génital, de la principauté cardiaque au grand-duché pulmonaire, sous protection de plus en plus fragile du *limes* fortifié de l’épiderme et sous contrôle bon an mal an de l’épiscopat cérébral, ces potentats finissent par s’cssouffler. Il faut alors courir sans cesse de contrôle en examen, d’analyse en prélèvement, de laboratoire en officine, toujours en retard d’un expert en attendant le gériatre et, à plus ou moins long terme, le médecin légiste et son certificat. Et justement mon rôle, ce légiste, était de le convoquer auprès de Franck Terrail plus tôt que prévu.

C'est là que l'idée m'est venue : on est fort vulnérable chez le docteur, me suis-je avisé. Soumis d'abord à sa toute-puissance, mais plus encore au monde extérieur. Moment d'assujettissement extrême où l'on se trouve sans défense et protégé par rien, la consultation médicale m'a paru l'occasion idéale pour intervenir – une fois le praticien neutralisé, ce qui ne devrait pas poser trop de problèmes. Restait à définir l'instant le mieux approprié, celui où la dépendance du patient étant à son maximum le rendrait techniquement plus facile à atteindre, lorsque sa situation d'emprise atteindrait son acmé : scanner thoracique ou ponction lombaire, extraction dentaire ou toucher rectal, j'aurais le choix.

33

Franck Terrail, qu'on retrouve encore prostré dans un peignoir disjoint sur le canapé de son bureau, n'ayant même plus recours à l'in-8° augustéen truffé de photographies qui lui donnaient un peu de joie, Franck Terrail n'est pas du tout en forme et il y a de quoi : seul, abattu, midi moins vingt, le temps est à la neige sans neige et la radio diffuse la troisième symphonie de Mahler.

Seul, n'exagérons rien, Franck ne l'est pas tant que ça : le jeune Flax est passé ce matin lui apporter son courrier, des représentants de la section de Belfort – Belfort lui a toujours été fidèle – se sont annoncés en fin d'après-midi et, en cuisine, Luigi Pannone est en train de lui confectionner un risotto à l'ail pour le déjeuner. Abattu, par contre, il le sera davantage quand il apprendra le drame survenu au Sulawesi. Mais nous n'en sommes pas là car à l'heure où s'écrivent ces lignes, le tragique accident de Louise Tourneur n'a pas encore été annoncé sous nos cieux. Nous allons nous en occuper.

Franck, donc, broie du noir. On l'avait pourtant

vu énergique pendant le meeting de Caen mais peut-être était-ce là son chant du cygne, son ultime discours de leader et pourquoi pas son dernier geste adulte. Il serait incapable à présent d'une telle vaillance, il n'en est plus qu'à ressasser en pleurnichant la fuite de Louise vers des contrées lointaines alors qu'il lui ouvrait les portes du pouvoir. Quant à la réapparition de Nicole, tout laisse à penser qu'elle l'indiffère. Il lui a bien fallu se montrer soulagé pour la forme, en vérité ce retour l'a contrarié qui a fait chavirer son projet de succession – d'autre part cela fait pas mal de temps que le couple Terrail-Tourneur n'est plus très intime, au moins trois ans que chacun occupe un appartement distinct. Sans pouvoir l'avouer à personne, Pannone inclus, il n'aurait pas été si mécontent que Nicole disparaisse pour de bon, il ne l'a d'ailleurs appelée qu'une fois depuis qu'elle est reparue, au début de son séjour à l'hôpital Percy.

Au loin dans la cuisine, on vient d'entendre la sonnerie du mobile de Pannone – une version électro du Chœur des chasseurs dans le *Freischütz* –, suivie d'un bref conciliabule indistinct, et voici que Luigi se présente à la porte du bureau, regard indécis, s'essuyant les mains sur son tablier : C'était Dorothée, annonce-t-il. Elle arrive. Je rajoute une assiette ? Terrail n'a que le temps de rajuster son peignoir, se passer un coup de brosse, on sonne à la porte, paraît Dorothée Lopez.

Elle a l'air dans tous ses états. Sa tenue est moins élaborée que d'habitude : tailleur marron d'Inde et souliers plats, maquillage minimum. Paupières gonflées, bord des larmes. Elle dit à peine bonjour. Se laisse choir dans un fauteuil, son sac ballottant sur ses genoux. Tire du sac un étui de mouchoirs en papier, se mouche. Ferme les yeux, inspire longuement puis se lance dans le récit de l'accident fatal. Laissons-la raconter, nous connaissons l'histoire. Et voilà, conclut-elle en sanglotant, un requin. Une saloperie de requin de merde, renifle-t-elle, excusez ma douleur.

Franck Terrail se lève avec un temps de retard, se dirige vers la fenêtre et demeure immobile, son dos massif silhouetté sur fond de ciel blanc. Silence. Dorothée Lopez demeure pliée dans le fauteuil, son visage enfoui dans ses mains. Vous auriez pu prévenir tout de suite de là-bas, lui fait doucement remarquer Pannone, dès que c'est arrivé. N'avez pas idée, Luigi, marmonne Lopez du fond de ses paumes, n'avions pas la tête à ça. Les services d'urgence sont ce qu'ils sont dans ces pays, n'est-ce pas. Il fallait aussi s'occuper de Cédric, exhale-t-elle, il est dans un état terrible. Et puis toutes les démarches à faire, la police, les hôpitaux, les autorités locales. Je vous épargne quand il a fallu retrouver les morceaux, s'occuper du rapatriement du corps, enfin de ce qu'il en reste, fond-elle derechef en larmes.

Je comprends, murmure Pannone. Et alors, Ballester ? feint-il de s'inquiéter. État de choc, résume Lopez, direct en maison de repos. Je reprends mon traitement moi aussi, je vais aller voir quelqu'un régulièrement. Pannone acquiesce, nouveau silence avant que s'élève encore au loin le Chœur des chasseurs : Pannone s'élance vers la cuisine, y retrouve son téléphone où s'affiche le numéro de Francis Delahouère, lève les yeux au ciel. C'est pour savoir s'il y a du neuf, dit innocemment Delahouère en faisant signe aux autres de faire silence. Avant de lui répondre, Pannone baisse le feu sous le risotto puis il expose la situation.

Ah, je suis bouleversé, déclare Delahouère avec un nouveau signe pour que les autres se taisent, je suis tellement navré, Luigi, vraiment désolé, c'est une immense perte. Dis bien à Franck que, enfin tu vois ce qu'il faut dire. Il raccroche et se tourne vers les autres : Chanelle, Bardot, Bloch-Besnard flanqué de Labroche, à nouveau réunis dans l'appartement du côté de Boucicaut et qui l'interrogent du regard. C'est la petite, annonce Delahouère, la petite Louise. Morte. Un accident. Nom de Dieu, souffle Bardot. Voilà qui change tout, résume sombrement Chanelle. Elle ne nous ferait pas le même coup que sa mère, par hasard ? s'aventure Labroche. Tais-toi un peu, Brandon, enfin, grogne Bloch-Besnard.

Tout est donc en effet renversé. Déjà que Nicole, dont on croyait être débarrassés, a fait son retour – même si, après l'échec de son coup médiatique, elle paraît à présent hors concours –, voilà maintenant que disparaît Louise dont la promotion menaçait de gêner tout le monde, les mozzigonaccistes au premier chef. Il convient d'analyser ces nouvelles données puis d'en tirer des conclusions.

Elles sont claires. L'heure n'est plus à se débarrasser de Franck, raisonne Chanelle approuvé par Bloch-Besnard. Non que l'on se rallie à lui, mais on n'a plus aucune raison de s'en défaire. Il peut rendre encore quelques services, estime Delahouère, en attendant de trouver une meilleure solution. On pourrait même avoir besoin de lui plus que jamais, analyse-t-il, les situations de régence présentent certains avantages. Il faut donc annuler la commande en cours, décrète Chanelle, retrouver ce Fulmard le plus vite possible et le désactiver. Par ailleurs et du même coup, sait-on jamais, il faudrait renforcer la protection de Franck, Luigi ne va plus suffire. Vous n'auriez pas l'idée de quelqu'un capable de veiller sur lui en permanence ?

Moi, propose hardiment Labroche. Mais tais-toi donc, Brandon, gronde encore Bloch-Besnard. Voyons, Jacky, proteste Chanelle, cessez de brusquer ce garçon sans cesse, c'est un de nos meilleurs éléments. D'accord, Labroche, c'est bon, vous vous occuperez de ça. Vous ne lâcherez pas Franck d'une semelle, vous commencez cet après-midi. Pannone risque de ne pas bien le prendre, objecte Bloch-Besnard vexé. Je sais comment parler à Luigi, prétend Delahouère, je lui expliquerai. Bon, dit Chanelle, rien d'autre ?

C'est un monde, observe songeusement Bardot, on voulait éliminer Franck et voilà maintenant qu'on veut le contraire. C'est la vie politique, ça, Jean-François, élude nerveusement Chanelle, c'est comme ça. Occupez-vous plutôt de neutraliser votre type, là. Fulmard n'est qu'un amateur, notez bien, tempère Bardot, il n'est pas très évolué. Ce sont les plus dangereux, les amateurs, rappelle Chanelle, nous en savons tous quelque chose. Vous devriez pouvoir le joindre, non ? Je vais essayer, se résigne Bardot.

34

Ayant choisi mon mode d'action auquel manquaient encore certains détails, l'ayant envisagé sous tous ses angles et jugé bon, je n'ai plus estimé nécessaire de poursuivre ma surveillance. Ne voyant pas pourquoi continuer à me les geler dans la voiture ou derrière un panneau, j'ai rendu le véhicule à son agence et me suis installé à l'hôtel bien au chaud même si, l'après-midi, considérant la moindre occupation des chambres, la direction y coupait fréquemment les radiateurs.

Cet hôtel, somme toute, je m'y faisais. Je m'y sentais moins coupé du monde que dans l'appartement de la rue Erlanger. Résidant à plein temps, j'avais ainsi loisir d'entendre tout le jour les sonores allées et venues, montées et descentes d'escalier, exclamations, proclamations, interpellations tonitruantes et polyglottes et souvent imbibées des touristes à bas budget. Puis je pouvais écouter, la nuit, les cris et gémissements de leurs coïts affaiblis ou stimulés par les bières, plus faciles à comprendre que leurs énoncés, les bruits de copulation n'ayant pas besoin d'être traduits : ce sont partout à peu près les mêmes, tout le monde entend bien ce dont il s'agit, c'est une espèce d'espéranto qui n'aurait pas raté son coup.

Un tel environnement n'était pas si désagréable. Ce qu'on nomme d'ordinaire nuisances me procurait au contraire un certain réconfort. Ces voix et va-et-vient dans les couloirs me semblaient témoigner d'une énergie revigorante. Quant aux clameurs nocturnes que j'aurais tenues en d'autres temps pour des troubles de la jouissance, elles contribuaient plutôt à m'endormir.

Les matins, si je n'avais pas envie de rester dans ma chambre, ou les après-midi quand le chauffage était suspendu trop longtemps, j'allais faire un tour dans la rue. Celle-ci, trois fois plus longue que la mienne, n'inspirait guère plus d'entrain. De plus, autant les immeubles de la rue Erlanger pouvaient prétendre à une certaine unité de style, autant la rue de Javel, très disparate à cet égard, consistait en un échantillonnage ingrat des modes architecturales qui se sont succédé depuis son percement.

De l'humble crépi populaire à la façade hâbleuse en verre miroir, de la brique sociale bon marché d'entre-deux-guerres à la brique rouge et ocre émaillée sous toiture en dents de scie, d'un post-haussmannisme sans le sou à un louis-philippard fauché, d'Empire en Art Déco tout aussi fatigués, la rue de Javel n'était qu'une succession de blocs hétéroclites en matériaux désassortis sans états d'âme. Abstruses façades aveugles au carrelage terni, béton brut d'avant-garde obsolète, balcons en plexiglas fumé, poussiéreux bow-windows n'en ayant guère que le nom, peu de ces constructions étaient signées par leurs auteurs, abandonnées là comme des lettres anonymes.

C'est en traînant au bout de cette rue, procédant à un repérage autour du centre radiologique Oudin-Barthélemy où j'avais envisagé d'intervenir, que j'ai aperçu le président Terrail pour l'avant-dernière fois : il en sortait, plus seulement flanqué de son assistant latin mais aussi d'un garçon massif deux fois plus jeune, au visage rond coiffé d'un chapeau beige à bord court. J'ai préféré ne pas m'attarder, il menaçait de pleuvoir, je suis rentré à l'hôtel Welcome.

Je ne suis pas monté, ce jour-là, directement dans ma chambre, m'attardant un moment dans le hall du Welcome. Plutôt qu'un lobby d'hôtel classique, c'était une misérable salle meublée de tables et de chaises dépareillées. Derrière le bar désert, une étagère peuplée de bouteilles empoussiérées supportait un téléviseur transmettant quelques courses de trot monté à Paray-le-Monial puis à Cagnes-sur-Mer. Je me suis assis, considérant les chevaux, tout en rêvassant aux linéaments de mon projet.

C'est alors que ceux-ci, d'un coup, se sont harmonieusement organisés dans mon esprit. Je me suis relevé puis, sous la pluie venue, j'ai remonté la rue de Javel jusqu'au centre Oudin-Barthélemy où je suis entré. Je ne sais plus trop comment je me suis débrouillé mais, parvenant à circonvenir la fille de l'accueil en l'accablant de questions interminables, j'ai cependant pu déchiffrer à l'envers sur son registre les éléments dont j'avais besoin : un acronyme, une date, une heure, un nom et un prénom : IRM, vendredi 3, 15 h, Terrail Franck. Je ne pouvais pas souhaiter mieux.

35

L'imagerie par résonance magnétique, dite IRM par commodité, n'a pas son égale si l'on veut disposer à son aise du sujet qui se prête à une investigation médicale, et si l'on souhaite faire de lui ce qu'on veut. Lorsqu'on nourrit un tel projet, rien de plus approprié que cette technique.

Jugeons-en. Nu sous une blouse et sanglé sur un lit d'examen, coiffé d'un casque antibruit, le sujet se présente enfermé dans un tube ouvert de part et d'autre, au cœur d'une imposante machine dressée dans une grande salle vide. Que cette machine consiste en un énorme aimant dont la puissance oriente dans la même direction les atomes d'hydrogène du corps, ce qui permet d'observer celui-ci en profondeur, on peut toujours le noter si l'on désire s'instruire mais cette question est secondaire, on n'est pas là pour observer ni pour s'instruire, on est là pour nuire.

Or, d'une part, l'étroitesse de ce tube interdit au sujet de bouger ses bras ni ses jambes, donc d'être en capacité de se défendre, et d'autre part les ouvertures aux deux extrémités du tube permettent d'intervenir du côté de sa tête ou de ses pieds, au choix. De plus, point n'est besoin d'agir silencieusement, le patient se trouvant assourdi par son casque et, mieux encore, l'examen ne durant pas moins d'une bonne demi-heure, on a tout le temps pour opérer. Assurément, s'il faut intervenir sur une personne et, dans mon cas, la supprimer, l'IRM est l'examen idéal, on ne saurait trop le préconiser.

Certes on n'est pas totalement seul : une vitre protectrice sépare la grande salle d'un local technique dans lequel, contrôlant le processus, un manipulateur recueille également les données. S'il le souhaite, ce manipulateur peut jeter un coup d'œil par cette vitre sur la machine et son contenu vivant, mais en règle générale il est trop affairé sur son pupitre de commande, trop occupé par ses écrans où lui apparaît tout l'intérieur du corps de son patient, en couleurs et en trois dimensions, pour surveiller de surcroît ce patient lui-même.

Quand est venu vendredi, début d'après-midi, j'ai poussé la porte du centre Oudin-Barthélemy, je suis passé sans m'arrêter devant la fille de l'accueil, je lui ai souri, je ne sais si elle m'a reconnu mais elle m'a rendu mon sourire avant de se replonger dans son registre et je me suis engouffré dans les entrailles du centre sans qu'on me demande rien. L'un des couloirs étant vide, d'une patère de passage j'y ai décroché une blouse blanche que j'ai revêtue par-dessus mon imper pour croire passer inaperçu, puis j'ai tâché de m'orienter. J'ai trouvé sans trop de mal une porte sur laquelle une plaque indiquait *Unité d'IRM* : vérifiant que le pistolet de Bardot pesait bien dans ma poche, j'ai jeté un regard alentour, respiré un bon coup avant de pousser cette porte. Mais alors, je ne l'avais pas prévu, on ne m'avait pas prévenu, je suis entré dans une infernale clameur.

Je ne vois pas comment désigner autrement le vacarme produit par la machine de l'IRM, si multiforme et puissant qu'il en était paralysant, m'empêchant d'avancer et même de regarder où je me trouvais : déferlement chaotique d'énormes sons relevant de la sirène d'alarme, du klaxon de poids lourd et du marteau-piqueur entremêlés, alternance de soli transfixants de scie sauteuse, monstrueux duos de broyeuses et de presses à emboutir, trios vociférants pour tronçonneuses, grandes orgues et marteaux perforateurs sur contrepoint d'ondes Martenot préhistoriques, le tout ponctué d'incessantes percussions contradictoires, sans ordre ni connexion, comme si quatorze batteurs psychopathes et sourds s'affrontaient avec haine.

Je n'ai donc pas pu repérer tout de suite la machine tant son volume sonore me submergeait, m'empêchant comme sous anesthésie de percevoir quoi que ce fût d'autre, j'ai même failli rebrousser chemin car c'en était intenable. Rien ne servait de se boucher les oreilles, ce monstrueux concert ne m'envahissant plus seulement par elles mais par toute la surface de mon corps. J'ai repris mon souffle et me suis vaillamment dirigé vers cette machine dont je venais de distinguer la masse et dont le tintamarre, comme j'approchais, n'a pas paru s'accroître pour autant : au point où on en était, ce ne devait plus être possible.

J'ai avancé jusqu'à l'appareil, l'ai considéré, il m'a inspiré de la crainte. D'un format de véhicule utilitaire en métal très épais, de couleur crème et de forme à peu près cylindrique, il faisait à vue d'œil ses quinze tonnes et ressemblait à un turboréacteur de gros-porteur à fuselage large, genre Iliouchine ou McDonnell Douglas, avec un trou rond percé en plein cœur et j'ai vu que dépassaient, de ce trou, les deux pieds roses et nus du président Terrail.

Là était l'objectif. Mais avant de me mettre au travail, j'ai lancé un coup d'œil vers le local technique et, derrière la vitre, je pouvais apercevoir le manipulateur vêtu de la même blouse que moi, penché sur ses consoles et ses récepteurs vidéo où devaient lui apparaître, en coupes et dans tous les plans de l'espace, les organes du président. C'était un joli jeune homme frêle et d'allure inoffensive, l'air d'un préparateur en pharmacie, par-dessus son épaule j'ai distingué l'adjoint de Terrail qui observait lui aussi l'intérieur de son patron sur écran. Tous deux semblaient très attentifs, sans un regard sur la salle des machines et donc sur moi, je pouvais y aller.

M'étant posté le plus près possible du trou, j'ai saisi dans ma poche l'arme de Bardot puis fait ce qu'on m'avait demandé : j'ai visé l'intérieur du trou, du côté du milieu de ce trou, mais rien ne m'a semblé se produire quand j'ai pressé la détente.

Vu le raffut je ne m'attendais pas vraiment à percevoir une détonation mais quand même un déclic, au moins, sous mon index, un mouvement de recul comme il paraît qu'il y a mais non : rien de rien. Et surtout le corps de Terrail, du moins sa partie émergée, ne m'a pas semblé réagir du tout. J'ai regardé le pistolet qui, de fait, paraissait n'avoir pas fonctionné. Je me disais bien qu'il n'avait pas l'air fiable.

Je me reprochais déjà de n'avoir pas assez pris soin de cet engin, de le nettoyer et de le graisser car on dit que c'est ce qu'il faut faire, quand je me suis rendu compte que je n'avais tout simplement pas débloqué son cran de sûreté. J'ai donc débloqué ce cran, à nouveau visé ce trou, cette fois de façon plus précise et posée mais, comme j'allais appuyer sur la détente, je me suis senti agrippé par l'épaule et tiré violemment vers l'arrière, j'ai perdu mon équilibre et je suis tombé.

36

En essayant de me redresser, comme je recevais dans l'autre épaule un coup de pied qui m'a fait lâcher l'arme, j'ai eu le temps de voir à qui appartenait ce pied : au jeune homme à chapeau étroit que j'avais aperçu l'autre jour avec Terrail. Ce jeune homme m'a paru brutal, déterminé à ne pas s'en tenir là mais je n'allais pas non plus me laisser faire. M'étant relevé, je l'ai empoigné, il a fait de même et nous nous sommes secoués l'un l'autre en grognant puis nous sommes battus bien que les forces ne fussent pas égales : j'ai compris dès le premier choc qu'il était rompu à cette pratique dont je n'avais, quant à moi, aucune formation.

Tout ce que j'ai réussi, c'est à lui faire sauter son chapeau mais je n'en suis même pas sûr, peut-être est-ce lui qui s'en est défait par commodité, ou le chapeau lui-même qui a refusé de se voir mêlé à cette histoire et s'est retiré, atterrissant près du pistolet que le jeune homme a ramassé puis braqué sur moi. L'arme, alors, a dû fonctionner car j'ai perçu un son très distinct de ceux de la machine et senti en même temps un fort impact dans ma poitrine, pas vraiment ponctuel mais diffus sur toute ma personne, comme si c'était plutôt un camion qui venait de me rentrer dedans. Je suis retombé par terre en fermant les yeux.

Les rouvrant presque aussitôt j'ai vu, de dos, le jeune homme se diriger vers la vitre du local technique, cogner contre elle en paraissant crier quelque chose dans le vacarme. J'ai d'abord cru ne pas pouvoir me lever mais j'y suis parvenu, progressivement à quatre pattes puis à peu près droit. Profitant qu'il s'occupait sans doute à donner l'alerte et ne faisait plus attention à moi, j'ai gagné du mieux que j'ai pu la porte de l'unité d'IRM.

Le couloir, par chance, était encore vide, j'ai tâché d'y évaluer rapidement l'étendue des dégâts sur mon anatomie. Une fine perforation se présentait sur la blouse, en bas à gauche du thorax, et sous elle ma veste aussi était trouée, et du sang commençait à s'étendre sur ma chemise au même endroit. Je me suis débarrassé de cette blouse, j'ai rabattu les pans de ma veste, boutonné mon imperméable avant de me diriger vers le hall d'entrée en m'efforçant de pas trop chanceler. Plongée dans son registre, la fille de l'accueil ne m'a pas vu ni souri, m'évitant un effort supplémentaire et quand je suis sorti du centre Oudin-Barthélemy, en haut de la rue de Javel, il neigeait.

Parfois, des chauffeurs de taxi prévoyants stationnent devant les hôpitaux et les cliniques, se tenant à la disposition des personnes qui en sortent : celles-ci forment une population souvent affaiblie, peu regardante et généralement solvable, qualités requises d'une bonne clientèle. C'était heureusement le cas : deux ou trois véhicules attendaient près du centre, leur voyant vert attestant leur liberté. Je suis monté dans le premier de cette file, une espèce de Skoda beigeasse, et me suis effondré sans trop le montrer sur la banquette arrière. Je commençais à ne plus tout à fait bien respirer, je n'ai pas pu indiquer tout de suite ma destination – un instant j'ai, d'ailleurs, hésité sur ce point –, ce n'est que lorsque le chauffeur m'a demandé sans se retourner où on allait que, faute de mieux, j'ai donné le nom de la rue Erlanger.

Quand il m'a proposé, comme ils font quelquefois, de choisir mon itinéraire, j'ai répondu que le meilleur serait le plus simple en tâchant d'assurer ma voix. C'était en vérité tout ce qu'il y a de plus simple, je le savais, il suffisait de rejoindre la rue de la Convention qui est à deux pas, de la descendre et de traverser la Seine après quoi, pratiquement, on y était. Il a opiné, démarré, je me suis tassé un peu plus sur mon siège et on a roulé.

Il neigeait donc mais juste un peu, vraiment peu, juste un flocon par-ci par-là, suffisamment pour que le chauffeur actionne ses essuie-glaces, pas assez pour que ceux-ci ne grincent pas sur le pare-brise et lui-même se taisait. J'ai brièvement observé ses épaules larges, sa nuque massive, son regard inexpressif dans le rétroviseur, puis je me suis tourné vers la vitre et j'ai regardé les façades qui défilaient rue de la Convention. Un pressing, une agence bancaire, une supérette, un bar-tabac, jusqu'ici je coexistais sans trop de mal avec ma blessure, c'est à partir du bar-tabac que ça s'est gâté. J'ai commencé de sentir que mon hémorragie prenait de l'ampleur, vu le sang qui se mettait à traverser les étoffes de ma veste et de mon imperméable et puis, de plus en plus abondant, commençait de couler le long de mes jambes et de s'égoutter perpendiculairement sur les sièges. Je ne me suis pas trop affolé, j'ai bêtement compressé la plaie avec ma main, j'allais être chez moi d'ici quelques minutes, je me suis aussi bêtement dit que ça allait passer.

Un feu rouge existe au bas de la rue de la Convention, à l'angle du quai André-Citroën, avant que l'on s'engage en face sur le pont Mirabeau, mon taxi s'est arrêté à ce feu. Profitant de la pause, le chauffeur m'a scruté à son tour dans le rétroviseur, je ne sais pas quelle tête je faisais mais il m'a demandé d'une voix peu empathique comment je me sentais. Comme je ne répondais pas, il s'est retourné et il a vu le tableau : du sang partout sur mes vêtements, sur la banquette, sur mes mains, sans doute un peu sur mon visage réduit à un sourire crispé. Le chauffeur s'est exclamé grossièrement mais, le feu étant alors passé au vert, des imbéciles ont klaxonné derrière et il a bien fallu qu'il avance pour s'engager sur le pont.

Parfois aussi, des chauffeurs de taxi bienveillants se montrent attentifs à l'état de leur prise en charge. Confrontés à des situations comme la mienne, ils prennent les choses en main, préviennent leur central et vous mènent à toute allure aux urgences. Cela n'a pas été le cas de celui-ci qui s'est mis en fureur, vociférant que je lui salopais sa banquette et, freinant brusquement en plein milieu du pont, il a fait monter la Skoda sur le bas-côté au-delà de la piste cyclable. Laissant la voiture chevaucher une moitié de trottoir sans pour autant couper le moteur, il en est vivement sorti, l'a contournée par l'arrière en courant vers la portière de mon côté qu'il a ouverte avec violence. Il s'est penché sur moi, m'a soulevé par les aisselles et transporté sans ménagement sur le trottoir où il m'a laissé tomber là, contre le parapet. Je l'ai entendu encore jurer, j'ai vu son taxi repartir en trombe et il neigeait toujours un petit peu.

J'avais encore toute ma conscience même si l'aspect de mon corps inerte, jeté par terre de travers, pouvait faire croire que non. Je me suis traîné vers le parapet jusqu'à m'épauler contre lui, ma tête appuyée sur la fonte. C'est un beau parapet, celui du pont Mirabeau, d'un gentil vert tilleul et joliment sculpté, par une ouverture du garde-corps je voyais très bien la Seine au-dessous de moi, d'apparence immobile et sale à mon image. Une faiblesse m'a gagné tout d'un coup mais j'ai continué de regarder le fleuve. J'y ai aperçu un bateau de plaisance en train de le remonter à petite allure, deux goélands s'étaient postés sur le toit de sa cabine puis une femme est sortie de cette cabine en déployant un parapluie publicitaire, j'ai tenté de lire ce qui était écrit dessus mais c'était un peu loin, j'ai renoncé, j'ai fermé les yeux, j'ai senti un flocon se poser sur un de mes sourcils puis il a dû fondre, une goutte d'eau a glissé sur ma tempe.

DANS LA COLLECTION "DOUBLE"

Henri Alleg, *La Question.*
Vincent Almendros, *Faire mouche.*
Vincent Almendros, *Un été.*
Yann Andréa, *M. D.*
Pierre Bayard, *Aurais-je été résistant ou bourreau ?*
Pierre Bayard, *L'Affaire du chien des Baskerville.*
Pierre Bayard, *Enquête sur Hamlet.*
Pierre Bayard, *Qui a tué Roger Ackroyd ?*
Pierre Bayard, *La Vérité sur "Ils étaient dix".*
Samuel Beckett, *L'Innommable.*
Samuel Beckett, *Malone meurt.*
Samuel Beckett, *Mercier et Camier.*
Samuel Beckett, *Molloy.*
Samuel Beckett, *Oh les beaux jours.*
Samuel Beckett, *Watt.*
François Bon, *Sortie d'usine.*
Michel Butor, *L'Emploi du temps.*
Michel Butor, *La Modification.*
Éric Chevillard, *Les Absences du capitaine Cook.*
Éric Chevillard, *Du hérisson.*
Éric Chevillard, *La Nébuleuse du crabe.*
Éric Chevillard, *Oreille rouge.*
Éric Chevillard, *Palafox.*
Éric Chevillard, *Ronce-Rose.*
Éric Chevillard, *Le Vaillant petit tailleur.*
Julia Deck, *Propriété privée.*
Julia Deck, *Viviane Élisabeth Fauville.*
Pauline Delabroy-Allard, *Ça raconte Sarah.*
Charlotte Delbo, *Auschwitz et après I. Aucun de nous ne reviendra.*
Charlotte Delbo, *Auschwitz et après II, III. Une connaissance inutile, Mesure de nos jours.*
Marguerite Duras, *Détruire dit-elle.*
Marguerite Duras, *Emily L.*
Marguerite Duras, *L'Été 80.*
Marguerite Duras, *Moderato cantabile.*
Marguerite Duras, *Savannah bay.*
Marguerite Duras, *Les Yeux bleus cheveux noirs.*
Marguerite Duras, Xavière Gauthier, *Les Parleuses.*
Marguerite Duras, Michelle Porte, *Les Lieux de Marguerite Duras.*
Tony Duvert, *L'Île Atlantique.*
Jean Echenoz, *Au piano.*

Jean Echenoz, *Cherokee.*
Jean Echenoz, *Envoyée spéciale.*
Jean Echenoz, *L'Équipée malaise.*
Jean Echenoz, *Les Grandes Blondes.*
Jean Echenoz, *Je m'en vais.*
Jean Echenoz, *Lac.*
Jean Echenoz, *Nous trois.*
Jean Echenoz, *Un an.*
Jean Echenoz, *Vie de Gérard Fulmard.*
Paul Éluard, *Au rendez-vous allemand suivi de Poésie et vérité 1942.*
Christian Gailly, *Be-Bop.*
Christian Gailly, *Dernier amour.*
Christian Gailly, *Les Évadés.*
Christian Gailly, *Les Fleurs.*
Christian Gailly, *L'Incident.*
Christian Gailly, *K.622.*
Christian Gailly, *Nuage rouge.*
Christian Gailly, *Un soir au club.*
Anne Godard, *L'Inconsolable.*
Bernard-Marie Koltès, *Une part de ma vie.*
Hélène Lenoir, *L'Entracte.*
Hélène Lenoir, *Son nom d'avant.*
Robert Linhart, *L'Établi.*
Laurent Mauvignier, *Apprendre à finir.*
Laurent Mauvignier, *Autour du monde.*
Laurent Mauvignier, *Continuer.*
Laurent Mauvignier, *Dans la foule.*
Laurent Mauvignier, *Des hommes.*
Laurent Mauvignier, *Histoires de la nuit.*
Laurent Mauvignier, *Loin d'eux.*
Laurent Mauvignier, *Voyage à New Delhi.*
Marie NDiaye, *En famille.*
Marie NDiaye, *Rosie Carpe.*
Marie NDiaye, *La Sorcière.*
Marie NDiaye, *Un temps de saison.*
Christian Oster, *Loin d'Odile.*
Christian Oster, *Mon grand appartement.*
Christian Oster, *Une femme de ménage.*
Robert Pinget, *L'Inquisitoire.*
Robert Pinget, *Monsieur Songe suivi de Le Harnais et Charrue.*
Yves Ravey, *Le Drap.*
Yves Ravey, *Enlèvement avec rançon.*

Yves Ravey, *La Fille de mon meilleur ami.*
Yves Ravey, *Pas dupe.*
Yves Ravey, *Un notaire peu ordinaire.*
Yves Ravey, *Trois jours chez ma tante.*
Alain Robbe-Grillet, *Djinn.*
Alain Robbe-Grillet, *Les Gommes.*
Alain Robbe-Grillet, *La Jalousie.*
Alain Robbe-Grillet, *Pour un nouveau roman.*
Alain Robbe-Grillet, *Le Voyeur.*
Jean Rouaud, *Les Champs d'honneur.*
Jean Rouaud, *Des hommes illustres.*
Nathalie Sarraute, *Tropismes.*
Eugène Savitzkaya, *Exquise Louise.*
Eugène Savitzkaya, *Marin mon cœur.*
Inge Scholl, *La Rose Blanche.*
Claude Simon, *L'Acacia.*
Claude Simon, *Les Géorgiques.*
Claude Simon, *L'Herbe.*
Claude Simon, *Histoire.*
Claude Simon, *La Route des Flandres.*
Claude Simon, *Le Tramway.*
Claude Simon, *Le Vent.*
Jean-Philippe Toussaint, *L'Appareil-photo.*
Jean-Philippe Toussaint, *Autoportrait (à l'étranger).*
Jean-Philippe Toussaint, *Faire l'amour.*
Jean-Philippe Toussaint, *Fuir.*
Jean-Philippe Toussaint, *Nue.*
Jean-Philippe Toussaint, *La Salle de bain.*
Jean-Philippe Toussaint, *La Télévision.*
Jean-Philippe Toussaint, *L'Urgence et la Patience.*
Jean-Philippe Toussaint, *La Vérité sur Marie.*
Tanguy Viel, *L'Absolue Perfection du crime.*
Tanguy Viel, *Article 353 du code pénal.*
Tanguy Viel, *Cinéma.*
Tanguy Viel, *La Disparition de Jim Sullivan.*
Tanguy Viel, *Insoupçonnable.*
Tanguy Viel, *Paris-Brest.*
Antoine Volodine, *Lisbonne, dernière marge.*
Antoine Volodine, *Le Port intérieur.*
Elie Wiesel, *La Nuit.*
Monique Wittig, *Les Guérillères.*
Monique Wittig, *L'Opoponax.*

CET OUVRAGE A ÉTÉ ACHEVÉ D'IMPRIMER LE DIX-NEUF AOÛT DEUX MILLE VINGT-DEUX DANS LES ATELIERS DE NORMANDIE ROTO IMPRESSION S.A.S. À LONRAI, 61250, FRANCE

N° D'ÉDITEUR : 7003
N° D'IMPRIMEUR : 2203828

Dépôt légal : octobre 2022